Meus dias na livraria Morisaki

Satoshi Yagisawa

Meus dias na livraria Morisaki

Traduzido por
Andrei Cunha

6ª edição

BERTRAND BRASIL
Rio de Janeiro | 2024

CIP-BRASIL. CATALOGAÇÃO NA PUBLICAÇÃO
SINDICATO NACIONAL DOS EDITORES DE LIVROS, RJ

S266d Satoshi, Yagisawa
6. ed. Meus dias na livraria Morisaki / Yagisawa Satoshi ; tradução Andrei Cunha. - 6. ed. - Rio de Janeiro : Bertrand Brasil, 2024.

Tradução de: 森崎書店の日々
ISBN 978-65-5838-243-0

1. Ficção japonesa. I. Cunha, Andrei. II. Título.

23-86580 CDD: 895.63
CDU: 82-3(52)

Gabriela Faray Ferreira Lopes - Bibliotecária - CRB-7/6643

Edição original em japonês publicada pela SHOGAKUKAN. Edição brasileira organizada com SHOGAKUKAN, através da EMILY BOOKS AGENCY LTD. e CASANOVAS & LYNCH LITERARY AGENCY S.L.

Texto revisado segundo o Acordo Ortográfico da Língua Portuguesa de 1990.

Direitos exclusivos de publicação em língua portuguesa somente para o Brasil adquiridos pela:
EDITORA BERTRAND BRASIL LTDA.
Rua Argentina, 171 — 3º andar — São Cristóvão
20921-380 — Rio de Janeiro — RJ
Tel.: (21) 2585-2000,
que se reserva a propriedade literária desta tradução.

Impresso no Brasil

1

Fui morar na livraria Morisaki no início do verão e fiquei até o comecinho da primavera do ano passado.

Instalei-me num quartinho vazio do andar de cima, um espaço úmido e mal iluminado, rodeado pelo permanente cheiro de mofo dos livros velhos. Passava meus dias como que soterrada em livros.

Mas acho que nunca vou esquecer dos dias que passei ali.

É que foi aquele sebo de livros que me mostrou como começar a viver de verdade. Sem os dias que passei ali, minha vida não seria repleta de cores, de sabores, das mais diversas sensações; teria sido insípida, monótona e solitária.

É um lugar que eu nunca esquecerei, um lugar muito importante para mim.

Esta é a minha livraria Morisaki. As lembranças dos dias que passei ali ainda vivem, intensas, em minhas retinas, quando fecho os olhos.

§

Tudo começou como uma trovoada repentina.

Foi tudo tão de repente que uma chuva de sapos caindo do céu não teria me espantado tanto.

Um belo dia, Hideaki, que eu estava namorando havia quase um ano, se virou para mim e, do nada, me disse:

— Eu vou me casar.

Ao ouvir aquilo, a primeira coisa que me aconteceu foi minha cabeça se encher de pontos de interrogação. Teria sido mais fácil de entender se ele tivesse perguntado "Casa comigo?", pensei. Até mesmo um "Estou pensando em casamento" teria sido menos esquisito. Mas aquele "Eu vou me casar" me soou muito estranho. As palavras haviam sido mal escolhidas; afinal, um casamento é um contrato bilateral, resultado de um acordo entre duas pessoas. A frase me pareceu muito descuidada. Também o tom não me agradou: ele disse aquilo com a despreocupação de quem comunica haver encontrado uma moeda de cem ienes na calçada.

Era uma noite de verão — uma sexta-feira em meados de junho. Estávamos jantando no último andar de um arranha-céu em Shinjuku, um dos bairros do centro de Tóquio, com muitos bares e restaurantes, em um restaurante italiano de que a gente gostava e que tinha uma vista noturna muito bonita dos neons que iluminavam a cidade.

Hideaki era meu senpai, veterano de três anos, na empresa onde eu trabalhava. Eu me apaixonei por ele no primeiro dia no emprego. Só de estar na presença dele, sentia meu coração se tensionar como uma cama elástica. Naquela noite, eu estava com um ótimo humor. Pedimos um vinho, pois fazia algum tempo que não saíamos juntos.

Mas daí me acontece isso.

— Como é que é? — perguntei, sem querer.

Cheguei a pensar que tinha ouvido mal.

— Isso mesmo, vou ter que me casar no ano que vem — confirmou ele, como se fosse algo sem importância.

— Mas com quem?

— Com ela.

— Ela quem?

— Com a minha namorada.

Inclinei a cabeça para o lado, perplexa.

— Que namorada?

Com a maior cara de pau, ele disse o nome de uma garota que trabalhava em outro departamento da empresa. Ela fora contratada junto comigo, mas era muito mais graciosa do que eu; era do tipo que só de olhar para ela, já dá vontade de abraçar. Já eu sou muito alta e tenho uma aparência mediana. Não conseguia entender como Hideaki poderia ter se interessado por mim enquanto namorava uma garota muito mais bonita.

Pedi mais informações. Ele disse que já estava namorando com ela havia mais de dois anos e meio — ou seja, há mais tempo do que comigo. Eu nunca desconfiei de nada. Na verdade, nunca tinha sequer me ocorrido a possibilidade de que algo semelhante pudesse acontecer. Nós estávamos namorando em segredo, mas eu tinha pensado que isso era apenas para não criar constrangimento entre os colegas da empresa. Mas parece que, na verdade, ele nunca teve a intenção de namorar comigo a sério... estava apenas se divertindo.

Fiquei sem saber se eu é que sou muito burra ou se ele é que é um idiota. Seja como for, as suas respectivas famílias já se conheciam e a data do noivado já estava marcada para o mês seguinte. Comecei a ficar tonta. Era como se dentro da minha cabeça tivesse um monge budista fazendo soar um enorme sino de bronze.

— Ela queria se casar em junho. Mas para este ano já não dá mais tempo... Então, ficou para o ano que vem...

Fiquei ali, abobada, ouvindo aquelas palavras todas saindo da boca dele. Consegui murmurar:

— Ah, é mesmo? Parabéns.

Eu mesma me espantei de ter dito aquilo.

— Valeu. Mas não se preocupe, Takako. Podemos continuar nos vendo, de vez em quando — disse ele, e sorriu.

Ele tinha sempre aquele sorriso desavergonhado, um sorriso de grande esportista.

Se eu estivesse em um dramalhão, esse seria o momento de me levantar e ir encher a cara de vinho em algum outro lugar. No entanto, eu sempre fui do tipo que não sabe expressar suas emoções. Preciso ficar sozinha, refletir bastante, até entender o que estou sentindo de verdade. Além do que, o monge da minha cabeça estava tocando o sino alto demais.

Despedi-me dele, meio anestesiada, e voltei para casa sozinha. Passado algum tempo, consegui aos poucos me acalmar. Então, a tristeza aflorou com uma velocidade impressionante. Não era raiva; era puramente tristeza. Uma tristeza tão intensa que chegava a ser uma presença, como se eu pudesse tocá-la.

Comecei a chorar descontroladamente e, quanto mais chorava, menos sinal havia de que fosse um dia parar. Fiquei ali, em colapso no meio do quarto, sem nem ligar a luz. Pensei que, se minhas lágrimas fossem petróleo, eu estaria rica; em seguida, me dei conta de que isso era uma coisa muito estúpida para se pensar; e a constatação de minha estupidez me deu ainda mais vontade de chorar.

"Alguém me ajude, por favor!", pensei, fervorosamente.

Mas não conseguia dizer nada, apenas chorar.

§

O que se seguiu foi um verdadeiro desfile de acontecimentos horríveis.

Para começar, como eu e Hideaki trabalhávamos no mesmo lugar, fui obrigada a continuar olhando para a cara dele todos os dias, por mais que eu detestasse a situação. Ele continuou me tratando do mesmo jeito de sempre, e isso para mim era ainda mais difícil de suportar. E volta e meia eu ainda cruzava com a noiva dele no caminho do refeitório ou quando ia na cozinha da empresa esquentar água. Não sei se ela sabia do meu envolvimento com Hideaki, mas sempre me cumprimentava com um sorriso radiante.

Então, meu estômago começou a rejeitar a comida e não consegui mais dormir à noite. Perdi peso. Disfarçava o tom cadavérico do meu rosto com maquiagem. Às vezes, enquanto estava trabalhando, precisava ir ao banheiro para chorar escondida, sufocando a voz.

Isso continuou por duas semanas até que eu achei que não podia mais suportar a situação. Apresentei um pedido de demissão ao meu superior.

No meu último dia de trabalho na empresa, Hideaki veio se despedir e me disse, alegremente:

— Agora que você não trabalha mais aqui, vamos sair para comer alguma coisa um dia desses!

§

A sensação de perder de uma vez só o namorado e o emprego era como a de ter sido lançada no vazio do espaço sideral.

Eu sou de Kyûshû, fiz a faculdade lá. Só vim para Tóquio depois de me formar. Tirando os colegas de trabalho, não conhecia quase ninguém na cidade. Não sou muito sociável, então não criei intimidade com nenhum dos meus conhecidos. Em Tóquio, não tinha nenhum amigo de verdade.

Pensando bem, os vinte e cinco anos que eu vivera até ali haviam sido bem "mais ou menos". Era de uma família mais ou menos bem de vida, estudara em uma universidade mais ou menos, encontrara emprego em uma empresa mais ou menos... Estava preparada para viver uma vida mais ou menos, e até aceitava bem a ideia. Nunca conhecera o auge da felicidade, mas ao menos também nunca fora extremamente infeliz. Essa fora minha vida até então.

Diante da mesmice da minha vida, o meu encontro com Hideaki fora um acontecimento extraordinário. Eu nunca fui de ir ativamente atrás das coisas, e só de pensar que estava namorando alguém de quem eu gostava tanto, a coisa toda me parecia quase um milagre. Foi em parte por isso que o meu choque foi tão grande; e também por esse motivo, eu não tinha ideia de como lidar com aquilo.

No final, decidi lidar com a situação dormindo. Tinha um sono espantoso o tempo todo. Isso era provavelmente meu corpo tentando encontrar uma maneira de fugir da realidade. Mal me deitava no futon, já pegava no sono. Era como se o meu diminuto quarto fosse o espaço sideral de uma astronauta só. Dormi por dias e dias sem parar.

Mais ou menos um mês se passou assim. Certa noite, acordei e vi que meu celular, que eu deixara ao deus-dará todo esse tempo, tinha uma nova mensagem de voz.

Não me lembrava de ter visto aquele número antes, mas resolvi verificar a mensagem. Ouvi uma voz alegre que dizia:

— Takako-chan! Quanto tempo! Você está bem? Sou eu, o Satoru! Estou ligando da livraria. Quando puder, mande notícias! Opa, chegou um cliente. Até mais!

Inclinei a cabeça, tentando lembrar que Satoru era aquele. "Quem será?", pensei. Não fazia a mínima ideia. Não era engano, porque o homem dissera "Takako-chan". E que história era aquela de livraria?

Livraria. Fiquei um bom tempo repetindo a palavra na cabeça até que finalmente tive um estalo. Ah, esse Satoru é o meu tio Satoru!

Lembrei que minha mãe me dissera, um bom tempo antes, que ele herdara do meu bisavô uma livraria no bairro de Jinbôchô. Na última vez que o vira, depois de pequena, eu ainda estava no ensino médio e, desde então, por algum motivo, passara quase dez anos sem ouvir falar dele. Mas a voz era a mesma de que eu me lembrava.

Na mesma hora, tive um mau pressentimento. Só podia ser coisa da minha mãe. Ela era a única pessoa no mundo que sabia que eu estava sem namorado e sem emprego. Ela devia ter pedido ao meu tio para me ligar. Bom, se fosse esse o caso, não era nada de urgente.

Pensando bem, lembrei que eu não ia muito com a cara desse tio Satoru. Era do tipo solto na vida, que não se preocupa com nada, como se não estivesse nem aí para o que os outros vão pensar. Estava sempre com um sorriso bobo no rosto. Era meio esquisito.

Quando eu era pequena, adorava esse tio. Quando minha mãe ia visitar a família em Tóquio, me lembro de ir brincar com ele no seu quarto. Mas, com a adolescência, eu passei a não gostar mais de gente como ele, encrenqueira. Desde então, sem que ninguém percebesse, passei a evitar situações em que precisasse falar com ele. Ainda por cima, nessa mesma época, sem nem arrumar um emprego de verdade, ele resolvera de uma hora para outra se casar, para grande alvoroço em toda a família.

É por isso que, mesmo depois de vir morar em Tóquio, eu não quis ter nada a ver com ele, e nunca nem me passara pela cabeça ir visitá-lo.

No dia seguinte, resolvi a contragosto ligar para ele. Sabia que, se não ligasse, minha mãe ia ficar furiosa. Já podia até ver a cara dela enfurecida. Quando eu estava no início do fundamental ele já tinha vinte e muitos, por isso calculei que a essa altura meu tio devia ter passado dos quarenta.

O telefone tocou uma vez só antes que alguém atendesse.

— Livraria Morisaki, em que posso ajudar?

— Sou eu, tio. A Takako.

— Aaaaah! — ouvi meu tio gritar do outro lado.

Afastei o telefone do ouvido. A energia do meu tio parecia a mesma de tantos anos antes.

— Takako-chan! Quanto tempo! Como vai?

— Vou bem... quer dizer... vou indo.

— Eu soube que você veio morar em Tóquio... Puxa vida, né Takako-chan, você nem para vir me visitar, né.

— Pois é, tio... estou sempre muito ocupada com o trabalho... desculpe — disse eu, constrangida.

— Mas você não pediu demissão?

Diante da pergunta curta e grossa, fiquei sem o que dizer. Se tem uma coisa que meu tio não tem, é sutileza. Ele continuou falando sozinho, balbuciando generalidades ("Takako-chan! Quanto tempo! Que saudades!") até que ele mesmo se interrompeu e disse, de supetão:

— Pois então, eu estava pensando, se você vai ficar um tempo sem trabalhar, não quer vir morar aqui?

— Como é que é?

A proposta veio tão sem aviso, que eu fiquei um tempo sem ação. Mas ele continuou, sem trégua:

— Assim você economiza com o aluguel, a luz, o gás... Não é uma mão na roda? Aqui você tem tudo grátis. Claro que eu não vou recusar se você quiser me ajudar um pouco com a loja...

Ele explicou que cuidava sozinho da livraria, que andava mal das costas e a toda hora tinha que ir ao hospital, e que precisava de alguém que de manhã abrisse a loja no lugar dele. Ele não morava perto — tinha uma casa em Kunitachi, que fica a mais de uma hora de trem de Jinbôchô. Então, fora o horário de funcionamento da livraria, não haveria ninguém no prédio, e eu teria total privacidade. No andar de cima, ainda havia um banheiro e um ofurô da época em que ele morara lá — tudo em perfeito estado de funcionamento.

Comecei a pensar. É verdade que eu não podia continuar daquele jeito para sempre. Mais um pouco e o dinheiro ia acabar. Ainda assim, eu não queria que os outros interferissem na minha vida.

— Ai, tio, eu vou só incomodar — argumentei, sem convicção.

Mas meu tio não queria saber de história.

— Mas que incomodar que nada! Você seria muito bem-vinda.

Quase perguntei se a tia Momoko estava de acordo com a proposta, mas por sorte me lembrei a tempo que ela o deixara havia muitos anos. Esse episódio também fora motivo de alvoroço entre os parentes escandalizados. Lembro de minha mãe dizer na época que o choque da separação fora muito duro para ele, e que ela temia que ele acabasse adoecendo.

Fiquei com pena dele ao saber que a mulher o deixara. A coisa me parecia tanto mais estranha porque ele e a tia Momoko sempre tinham tido uma relação muito bonita, ela era um amor de pessoa, e nada disso combinava com um final em que ela fugia de casa e abandonava o meu tio. Enquanto meu pensamento saía por essa tangente, eu tentava gaguejar alguma resposta, mas meu tio já havia avançado na conversa:

— Então, está decidido! — concluiu ele, sem maiores discussões.

Ainda tentei rebater:

— Mas o que eu faço com as minhas coisas?

Mas meu tio tinha solução para tudo. A casa dele em Kunitachi tinha um espaço vago onde eu poderia armazenar as minhas caixas.

— Confie em mim, vai dar tudo certo!

"Confie em mim, confie em mim", até parece. Acho muito fácil uma pessoa que eu não vejo há dez anos vir com essa conversa de "confie em mim". Mas ele nem esperou eu responder.

— Então, eu também tenho preparativos a fazer. Chegou um cliente! Tchau! Até mais!

Ele desligou e eu fiquei ainda um tempo atônita, ouvindo só o tom da linha desocupada.

2

Duas semanas depois, encontrei-me parada à frente da estação de Jinbôchô.

"Como é que eu vim parar aqui?", pensei. Minha vida, de uma hora para outra, tinha começado a mudar de forma vertiginosa, a uma velocidade que eu sequer era capaz de acompanhar.

Naquele dia em que eu falara com o tio Satoru, telefonei em seguida para minha mãe e ela me disse que eu tinha duas opções — voltar para Kyûshû ou ir morar com o meu tio. Assim, um pouco relutante, acabei escolhendo ficar. Sabia que, se eu voltasse para Kyûshû, minha mãe ia me conseguir um casamento arranjado e eu nunca mais sairia de lá. Isso eu não queria de jeito nenhum — seria como admitir que, depois de todo o esforço que eu fizera para vir morar na capital, minha vida fora um completo fracasso.

Senti-me tonta ao sair na rua depois de tanto tempo. Fui de trem até o centro, ali peguei o metrô e, ao emergir à superfície em Jinbôchô, senti o impacto quente da luz do sol no meu rosto. Enquanto eu dormia em meu apartamento, mudaram as estações — já era verão. O sol na cabeça era um moleque de dez anos me incomodando. O verão me parecera tão longe enquanto ainda estava trabalhando na empresa! Senti-me como que traída pelas estações e fiquei um pouco triste.

Era a primeira vez que ia a Jinbôchô. A casa do meu avô ficava em Kunitachi, e eu nunca tivera oportunidade de visitar a livraria.

Parada no semáforo de um cruzamento, resolvi dar uma olhada à minha volta.

Tudo me pareceu estranho.

Na grande avenida que eu ia atravessar (que, meu tio me explicara, se chamava Yasukuni) tinha muitas livrarias, uma ao lado da outra, tanto do lado esquerdo como do direito. Livrarias a perder de vista.

Em geral, a gente vê uma livraria por rua, e olhe lá; mas aqui, a grande maioria das lojas era nesse segmento. Havia grandes estabelecimentos, como a Sanseidô e a Shosen, mas o que mais chamava a atenção era a grande quantidade de pequenos sebos de livros. Havia certo impacto em vê-los assim, todos juntos, como que a desafiar os enormes prédios de escritórios ao outro lado da rua, em direção a Suidôbashi.

Ainda um pouco desorientada, atravessei o cruzamento cheio de funcionários indo almoçar e fui caminhando pela calçada onde se enfileiravam as livrarias. Dobrei na rua Sakura, como meu tio havia dito. Era uma ruazinha pequena. Ali também, como se fosse a coisa mais natural do mundo, perfilava-se um sem-número de lojinhas de livros usados. Ouvi meu coração sussurrar: "É o paraíso dos sebos."

Enquanto pensava como ia fazer para descobrir qual daquelas lojas era a do meu tio, avistei parado na frente de uma delas um homem que me acenava com entusiasmo. Estava com o cabelo despenteado, usava uns óculos escuros pesados, e de tão magro parecia um adolescente. Vestia uma camisa xadrez de manga curta e uma calça de algodão que nunca vira um ferro de passar. Nos pés, levava sandálias. Sua aparência não me era de todo estranha... claro, era o tio Satoru.

— Mas se não é a Takako-chan! — disse ele, todo faceiro.

Mais de perto, dava para ver que ele envelhecera bastante. Tinha rugas profundas em torno dos olhos, e sua pele, que eu tinha lembrança de ser branca como a de um jovem melancólico, agora se cobria de uma inacreditável quantidade de manchinhas. Por trás das lentes escuras, no entanto, seu olhar ainda brilhava como o de uma criança.

— Puxa, tio, há quanto tempo você está parado aí do lado de fora, me esperando?

— Achei que você já estava chegando... Você viu como só tem livraria aqui em volta? Fiquei com medo que você se perdesse, então resolvi esperar aqui na frente. Não sei por que, mas estava procurando uma menina com o uniforme do colégio... mas é claro que agora você já é adulta.

Claro, né. Na última vez que ele me vira, quando vim a Tóquio para a cerimônia de um ano do falecimento do vovô, eu estava no primeiro ano do ensino médio. Mas isso fora quase dez anos antes. Mesmo assim, ele não mudara muita coisa. Com mais de quarenta anos, ainda tinha a mesma aparência desleixada de que eu me lembrava. Ele era o oposto daquilo que se imagina ao se ouvir palavras como "dignidade" ou "autoridade". Na adolescência, fui muito sensível a questões de proximidade e distância dos outros, e essa atitude despreocupada do meu tio, que eu achava difícil de classificar, me causava muito desconforto.

Desviei o olhar de meu tio, que me observava fixamente, e contemplei a livraria. "Então é esse o sebo de livros que meu bisavô fundou!", pensei. Fiquei um pouco emocionada ao ver o letreiro, com os dizeres:

LIVRARIA MORISAKI
ESPECIALIZADA EM LITERATURA MODERNA

Eu não chegara a conhecer meu bisavô, mas me parecia impressionante pensar que, com o meu tio, ela já estava havia três gerações na família.

A loja em si era uma construção de madeira de uns trinta anos ou mais. Tinha dois andares. Pela porta de vidro se enxergava os livros amontoados lá dentro.

— A primeira loja ficava na rua Suzuran. Foi fundada no Período Taishô. Esse prédio, é claro, não existe mais. Esta aqui é, por assim dizer, a segunda livraria Morisaki.

— Nossa, é mesmo?

— Vamos entrar.

Meu tio me tirou meio à força a mala da mão e me conduziu ao interior da loja. No instante que entrei, fui atingida por um cheiro forte.

— Ui, cheira a mofo! — deixei escapar.

— Não fale assim. Diga que a loja tem o aroma úmido das manhãs após a chuva — corrigiu meu tio, com uma risada.

Tinha livro em toda parte. Era como se aquele espaço mal iluminado de oito tatames estivesse preso no Período Shôwa. As estantes acomodavam brochuras, livros de bolso e de capa dura. As coleções completas e os livros de formato maior se encontravam empilhados diretamente contra a parede. Até atrás do caixa se via um monte de livros. Fiquei imaginando o que aconteceria se houvesse um grande terremoto. Certamente, quem estivesse ali seria soterrado por uma avalanche de livros.

— Quantos livros tem na loja? — perguntei, atônita.

— Pois é... acho que uns seis mil...

— SEIS MIL? — Arregalei os olhos.

— Sim, é o máximo que dá, neste espaço pequeno...

— O que quer dizer esse "especializada em literatura moderna"?

— O grosso do nosso acervo é de autores japoneses da Era Moderna. Dê só uma olhada.

Conforme ele sugerira, fui lendo as lombadas dos livros nas prateleiras. Da maioria dos autores eu nunca tinha ouvido falar. Alguns nomes me eram conhecidos, como Akutagawa Ryûnosuke, Natsume Sôseki ou Mori Ôgai; mas "conhecidos" talvez nem seja a palavra certa — eu só sabia pelo que li no ensino médio.

— Nossa, quantos autores!

Meu tio riu.

— Muitas das livrarias daqui do bairro são especializadas em um tipo de livro. Algumas são de obras acadêmicas, outras vendem só peças de teatro... tem lugares bem diferentes, que vendem antigas ilustrações, ou só livros de fotografia... Esta é a maior zona livreira do mundo!

— Do mundo?

— Sim, senhora, do mundo! Desde o Período Meiji, este bairro é o centro cultural de Tóquio, amado por escritores e intelectuais. Sempre teve muitas livrarias, mas do fim do século XIX em diante também muitas escolas e faculdades começaram a ser construídas nestas imediações. Por causa disso, há muitas lojas especializadas em publicações acadêmicas.

— Desde o século XIX? Puxa...

— Sim, esta zona tem uma longa história ininterrupta relacionada aos livros. Autores como Mori Ôgai e Tanizaki Jun'ichirô escreveram histórias que se passam aqui. E hoje recebemos até muitas visitas de turistas de todo o mundo... — ele disse, com orgulho, como se tudo pertencesse a ele.

— Mesmo morando em Tóquio, nunca tinha ouvido falar deste bairro...

Eu estava realmente impressionada com o entusiasmo que meu tio demonstrara ao responder uma simples pergunta. Não combinava com a imagem que eu tinha dele, de alguém um pouco desmiolado que nunca conseguira um emprego estável... Pensando bem, quando eu ia na casa dele quando pequena, lembrava de ter visto nas suas prateleiras alguns livros sobre temas bem difíceis, como história ou filosofia...

— Quando tiver tempo, vá dar uma volta pela redondeza, para conhecer melhor. Tem muita coisa interessante para ver. Mas por hoje vamos lá ver o seu quarto. Eu uso o andar de cima como depósito também, mas acho que tem espaço para você...

Quando vi o estado do andar de cima, só faltei desmaiar. O tal do "depósito" consistia em pilhas e pilhas, aliás em torres e mais torres de livros, espalhadas de tal forma por toda a superfície que quase não havia onde pisar. Era como o cenário apocalíptico de um filme de ficção científica. Um velho ar-condicionado ligado na máxima potência não dava conta de esfriar o recinto. Senti que começava a suar. Não muito longe dali, ouvia-se o canto insistente das cigarras.

Lancei um olhar descontente ao meu tio. Onde estavam os tais "preparativos" de que ele tinha dito que ia se encarregar antes da minha chegada? No estado em que o quarto se encontrava, não seria de espantar se durante a noite um rato aparecesse.

— Pois é, eu sabia que você vinha, pensei até em dar uma arrumada nas coisas, mas... — ele tentou explicar, esfregando a nuca. — É que de uns três dias pra cá eu ando tão mal das costas... Essa dor nas costas é a maldição de todo dono de livraria... Mas pelo menos metade dos livros eu consegui passar para o cômodo ao lado... É só tirar a metade que falta e pronto, já dá para usar como quarto...

Bem nessa hora, ouviu-se lá embaixo a porta de vidro sendo aberta, e meu tio, salvo pelo gongo, pediu licença e desceu para atender o cliente.

Olhei em torno e dei um grande suspiro. "É só tirar o que falta", ele disse, "e pronto". Até parece! Tive a sensação de que estava sendo feita de boba. Mas eu não tinha para onde ir — já tinha rescindido o contrato de aluguel do apartamento onde eu morava. Ia ter que ficar ali mesmo. Resignada, me pus a arrumar o quarto.

Passei o dia inteiro na lide com os livros. Fui largando os livros de qualquer jeito no cômodo ao lado, até formarem uma montanha. Ao final, estava encharcada de suor. Pensei que qualquer descuido meu incorreria na ira de Deus, e essa montanha de livros, essa torre de Babel, poderia a qualquer momento desabar sobre minha cabeça. Meu ódio pelos livros aumentava cada vez mais.

Nem sei muito bem como, mas ao anoitecer eu tinha terminado de levar os livros para o cômodo ao lado. Salvei uma mesinha baixa do naufrágio de papel. Os livros empilhados iam quase até o teto, e por um momento cheguei a pensar que o assoalho poderia ceder; mas o prédio me parecia bastante sólido, e deixei essa preocupação de lado. Trouxe o aspirador e removi toda a poeira e outros detritos que assombravam aquele quarto como maus espíritos. Depois passei um pano molhado nas paredes e no chão de tatame. No fim, o lugar tinha uma aparência habitável.

Eu estava parada, contemplando minha obra em uma pose vitoriosa na entrada do quarto, quando o meu tio, que havia fechado a loja, apareceu na escada.

— Ah, que arrumado ficou! Maravilha! Se você vivesse na Inglaterra no século XIX, poderia ser uma excelente criada de uma mansão vitoriana! — disse ele, sem fazer nenhum sentido.

Pensei comigo mesma que dali por diante eu ia ter de conviver com aquela figura.

— Estou cansada, vou dormir.

— Certo! Bom descanso. Conto com você amanhã de manhã.

Depois que ele foi embora, tomei banho e fui me deitar sem secar o cabelo. O futon tinha cheiro de mofo.

Assim que apaguei a luz, o quarto pareceu como que imerso no mais absoluto silêncio. Acho que os livros serviam de isolamento acústico.

Enquanto olhava para o teto na penumbra, pus-me a pensar, desconsolada. "Será que vou ter que ficar muito tempo aqui? Acho que não vou me acostumar com este lugar." Mas isso só durou um instante, porque logo em seguida eu já peguei no sono.

Sonhei que era uma criada androide num filme de ficção científica.

A metrópole apocalíptica do filme era toda feita de livros usados.

§

Quando acordei no dia seguinte, não sabia onde estava. Olhei para o despertador ao meu lado. Marcava dez e vinte e dois.

Foi então que voltei à realidade. Pulei da cama com um grito. A livraria abre às dez e eu tinha posto o despertador para as oito, mas alguém tinha desligado o alarme. Quem seria capaz de uma maldade dessas? Eu mesma, ora.

Mas como era possível? Eu nunca tive dificuldade em acordar de manhã. Orgulhava-me de, nos três anos em que trabalhei em uma empresa, não ter me atrasado uma única vez. Desci de pijama correndo, toda descabelada, e levantei apressadamente a pesada cortina metálica da loja. O sol de verão tomou a livraria de assalto. Todas as outras lojas da rua já estavam abertas. Eu estava claramente atrasada.

"E agora? O que eu faço? Como vou explicar ao meu tio que estraguei as vendas da manhã?" Fiquei sentada junto ao balcão, meio que em pânico, de pijama, atônita, por uns trinta minutos. Para meu espanto, nenhum cliente apareceu nesse meio-tempo.

Os clientes continuaram não vindo. Algumas pessoas passavam pela frente da loja, mas seguiam seu caminho sem se deterem. Chegou uma hora em que comecei a me sentir ridícula ali parada e decidi subir. Vesti calmamente uma roupa, penteei os cabelos, botei até um pouco de maquiagem e desci de volta.

Lá pelo meio-dia começou a aparecer gente, mas a maioria só levava um livro baratinho, de cinquenta ou cem ienes. Comecei a me preocupar pela saúde financeira da loja. Tive que segurar uns trinta bocejos. Devo ter pegado no sono sentada umas duas vezes.

Por volta de uma da tarde, apareceu um senhor baixinho, gordinho e com uma careca de dar frio na cabeça. Olhou para mim sentada atrás do balcão e me encheu de perguntas:

— Mas o que é isso? Onde está o Satoru? E você, quem é? Não me diga que ele contratou uma ajudante. Esta loja não faz dinheiro suficiente para pagar uma ajudante.

O velho falava com excesso de intimidade.

— Satoru-san chega às duas. Sou sobrinha dele, meu nome é Takako. Não sou contratada, estou só morando aqui. Com a atual conjuntura econômica, não saberia dizer se a loja está indo bem das finanças.

O velho fez uma cara de espanto e continuou me olhando fixamente.

— Era só o que me faltava, o Satoru ter uma sobrinha nova e bonita.

Tentei sorrir em resposta. Ainda bem que ele não tinha chegado antes para me ver de pijama. Mas, pensando bem, parecia ser um senhorzinho simpático. Tinha uma expressão benévola e olhos gentis.

— Estava querendo ler Shiga Naoya, mas você sabe como é a patroa, jogou todos os meus livros fora — disse ele, enquanto perambulava por entre as estantes.

Eu não sabia como era a patroa. Como ia saber? Era a primeira vez que o via.

— Então, onde ficam?

— Onde ficam o quê?

— Os livros de Shiga Naoya, o que mais!

— Ah, sim. Pois é... acho que ficam por ali...

O velho me olhou de cima até embaixo com uma cara de quem avalia uma mercadoria.

— Me diga uma coisa, mocinha, você lê?

— Eu? Eu não — respondi, sorridente.

O rosto do velho se metamorfoseou em uma carranca de demônio. Os olhos faiscaram.

Ele começou a dar um sermão interminável. Que era um horror, que os jovens de hoje não querem saber de livros, só querem saber de computador e de games, esses jovens não têm salvação, e mesmo os que leem só querem saber de mangá e de ler no celular e que o mundo está perdido etc. Ele mesmo tinha um filho de quase trinta anos que só queria saber de games.

— Está ouvindo, mocinha? Desse jeito você só fica sabendo de coisas superficiais. Se não quiser acabar como esses jovens de hoje, aproveite que está aqui e tente ler um livro ou outro.

O velho ficou quase uma hora falando sem parar. Acabou indo embora sem comprar nada. Eu estava tão cansada que, quando meia hora depois chegou o tio Satoru, a sua presença me pareceu como a de uma divindade.

— Então, como foi? Teve alguma dificuldade? — perguntou, enquanto olhava a registradora.

— Não, não teve nada, não... — disse eu, sem convicção. — Lá pela uma teve um velho com uma careca de aterrissar mosquito que falou, falou, falou e depois foi embora.

— É o Sabu-san. Cliente de quase duas décadas.

Não contive o riso. Sabu era o nome perfeito para aquele senhor.

— O Sabu-san tem um amor verdadeiro pelos intelectuais japoneses. Mas ele fala demais, mesmo. Tem vezes que até eu me canso de ouvir. Mas é só oferecer uma xícara de chá e concordar com tudo o que ele diz, que chega uma hora que ele se cansa e vai embora.

"Nossa, para ser livreiro, tem que aguentar cada coisa", pensei, desanimada. A própria ideia de haver um cliente que frequentava a loja havia mais de duas décadas me parecia de alguma forma antiquada. Nisso, lembrei-me de que queria comentar algo com ele.

— Tio... posso lhe perguntar uma coisa?

— O que é?

— Esta loja vai mal das finanças? Achei que vem tão pouco cliente... E os poucos que aparecem compram uns livros tão baratinhos...

O tio Satoru deu uma gostosa gargalhada.

— Pois é, hoje em dia ninguém mais compra livro usado. Meu pai me contava que, quando ele era jovem, a loja dava muito lucro. Mas eram outros tempos. As editoras não lançavam essa quantidade de títulos que se vê hoje. Não havia televisão. Mas sabe que de uns seis anos para cá, comecei a anunciar on-line, e de vez em quando consigo vender algum livro raro por dezenas de milhares de ienes. Isso é o que salva o orçamento. E eu tenho os clientes fiéis, como o Sabu-san. Você nunca vai a sebos de livros?

— Não, eu vou mais na Book Off. Dá para ler mangá na loja.

— É, hoje em dia todo o mundo compra nessas grandes lojas com descontos. Essas lojas não têm o tipo de livro que nós temos, títulos que foram escritos décadas atrás. Não tem demanda para esse tipo de livro. Mas ainda tem muita gente que gosta de livro velho. Inclusive gente da sua idade. Para esse tipo de pessoa, esta loja é como um paraíso. Eu me incluo nesse grupo.

— Verdade, eu lembro que seu quarto tinha um montão de livros. Quanto tempo faz que você está com a loja?

— Desde que seu avô morreu. Um pouco mais de dez anos. Comparado a outros livreiros, eu sou um novato. A maioria está aqui há trinta, quarenta anos.

— Nossa! Para mim é um mundo desconhecido.

— Você devia experimentar ler mais. Aproveite que está aqui e escolha o livro que quiser.

Ele sorriu e eu ri em resposta.

3

Daquele dia em diante, não perdi mais a hora, e fui me acostumando com a rotina. Por sorte, quase nunca aparecia gente antes do meio-dia, então eu podia ficar sentada atrás do balcão sem fazer nem pensar em nada, o que muito me agradava.

Mesmo com a mudança de lugar, a verdade é que minha nova vida na livraria não era assim tão diferente da minha que tinha antes. De manhã, eu abria a loja e ficava ali cuidando até meu tio chegar à uma. Entregava a loja para ele, subia apática a escada, mergulhava no futon e voltava a dormir.

O quarto tinha apenas o necessário. Quase não dava para dizer que eu morava ali; mas isso me agradava. Meu estado mental era o de alguém que havia jogado fora toda e qualquer relação com o mundo externo.

Quando dava uma hora, o tio Satoru aparecia, sempre com uma aparência desleixada que seria considerada inadequada se ele tivesse um emprego normal. Primeiro verificava a registradora, revisava os pedidos on-line e depois ficava ao telefone falando de negócios. O que mais fazia era reclamar. "Não temos alternativa", "A coisa está difícil", "Vamos ter de enfrentar essa situação" — mas no fundo sua voz me parecia mais alegre do que triste.

Uma coisa que me surpreendeu foi a vasta rede de contatos que existe entre os sebos de livros. Meu tio me contou que, sem isso, as lojas menores teriam muita dificuldade para lidar com grandes carregamentos. Livrarias especializadas, como a Morisaki, não conseguem manter seu estoque apenas com os livros usados que as pessoas trazem à loja; é necessário, de tempos em tempos, reabastecer o catálogo com compras em leilões que são organizados pela cooperativa de livreiros. E completou, triunfante:

— Sim, o negócio do livreiro pode até parecer uma atividade individual, mas a cooperação com outros também é muito importante! Se bem que isso se aplica a tudo...

Quando olhava para ele, no entanto, via uma grande distância entre a sua aparência e atitude e aquilo que, baseando-me nas memórias que eu tinha de meu avô, eu associaria normalmente à imagem de um "dono de sebo de livros".

Meu avô era teimoso como ele só, uma pessoa de poucas palavras, que nas reuniões de família desempenhava à perfeição o papel de chefe do clã. Ao perceber que, no fundo, eu tinha um pouco de medo dele, minha avó uma vez me disse, rindo:

— É o jeito dele, é um velho livreiro.

Meu tio, em contraste, era escorregadio como um molusco. Nunca tinha convivido muito com ele, mas a cada dia ele me parecia mais escorregadio. Cheguei a suspeitar que talvez fosse esse o motivo para a tia Momoko tê-lo abandonado. Ainda assim, os clientes habituais vinham sempre falar com ele, e pareciam gostar da sua companhia.

Tirando assuntos relacionados à loja, eu e ele não conversávamos muito. Um dia, no entanto, mais ou menos uma semana depois da minha chegada, ele não se conteve e me disse:

— Você está sempre dormindo! Parece que colocaram um feitiço em você.

— É da idade, a gente sente muito sono nesta fase da vida — respondi com frieza.

Eu é que não ia ficar dando conversa para ele, mas dava para ver que estava morrendo de vontade de se intrometer na minha vida.

— Ah, é mesmo? É o sono dos vinte e cinco? — insistiu ele.

— Isso mesmo. Não há problema neste mundo que uma boa noite de sono não resolva.

— Mas você tem tanto tempo livre, devia aproveitar! Por que não dá uma volta por aí? Tem diversos lugares interessantes para visitar. Eu, por exemplo, vinha sempre passear neste bairro desde que era criança, e até hoje não me cansei...

— Pois eu prefiro dormir.

O meu tio não parecia ter dado por acabada a conversa, mas eu resolvi encerrar o assunto. Passei o resto do tempo de cara amarrada e não reagi mais a nada do que ele me disse.

Internamente, eu estava furiosa. O meu tio devia saber, por intermédio de minha mãe, o que tinha acontecido comigo. Bem que podia demonstrar um pouquinho mais de tato ao falar comigo... mas não, ele sempre falava o que bem entendia. Fiquei muito irritada.

Para piorar a situação, Sabu, o cliente careca, ficou sabendo detalhes da minha vida e um dia veio fazendo piadinha:

— E como vai a mocinha enfeitiçada? Desfrutando do seu sono dos vinte e cinco?

— Quem foi que falou disso com o senhor, posso saber? — perguntei, indignada.

Mas é claro que eu sabia a resposta. Só podia ter sido o meu tio. Que ódio!

— Você não se cansa de dormir quinze horas por dia?

— O senhor está enganado, não durmo quinze, apenas treze horas por dia.

O senhor Sabu hesitou por um momento ao ver que eu não ia me deixar intimidar.

— Quando eu tinha sua idade, dormia pouco para ler mais.

— Pois eu quando vou dormir eu durmo mesmo.

— Você é desaforada que nem o seu tio.

— Deus me livre, ser parecida com aquele desmiolado!

— Ele tem o mesmo sarcasmo que você — disse ele, e deu uma gargalhada.

— Não tem não. Por favor, não me diga que eu sou parecida com ele.

— Eu se fosse você não falaria do seu tio com tanto desprezo... — rebateu ele, subitamente sério. — Por mais desmiolado que seja, foi ele que salvou esta loja.

— "Salvou"? — perguntei, incrédula.

— Sim, salvou. Pergunte para ele, que ele sabe melhor que eu — respondeu, sugestivo.

E, com uma reverência exagerada, o velho me disse *¡Adiós!* em espanhol e se foi.

"Eu, hein, por mim, tanto faz", pensei. Meu tio podia ser o salvador da livraria, podia salvar o que ele bem entendesse, eu é que não tinha o mínimo interesse em saber de nada. Tudo o que eu queria era voltar para o meu futon e dormir um pouco mais.

Ainda assim, é verdade que o sono excessivo que eu sentia começou a me preocupar. Nos dias de semana, eu dormia treze horas, como tinha dito ao senhor Sabu, mas nos fins de semana eu simplesmente dormia o dia inteiro. Eu queria dormir até não conseguir mais. Dentro dos sonhos, eu conseguia não pensar em coisas ruins. Os sonhos eram para mim como o mais puro mel. Eu era a abelha que voava à sua volta.

O tempo que eu passava acordada, pelo contrário, era bem difícil de suportar. Por mais que eu detestasse, volta e meia me punha a pensar em Hideaki. Na maneira como ele ria, na maneira como ele tocava no meu cabelo. Gostava de pensar em como ele era egoísta, como ele tinha vergonha de ser desafinado ao cantar, como ele chorava por qualquer coisinha. Tudo me fazia sentir ternura por ele. Mesmo sabendo que eu tinha sido feita de palhaça, lembrava de como fora feliz a seu lado, e essas memórias eram indeléveis, como se estivessem gravadas em cada célula do meu ser.

Às vezes acontecia de eu achar que talvez toda a história de não nos vermos mais, de que ele ia se casar, que tudo aquilo não passava de uma brincadeira, e que a qualquer momento ele viria me dizer "Mentira! E você acreditou, sua boba!". Mas é claro que isso não era verdade, ou eu não estaria ali naquele lugar.

E, para não pensar esse monte de besteiras, eu preferia ser teimosa e ir dormir.

Mas o tempo passava depressa.

4

— Você está acordada, Takako?

Era a voz do meu tio, chamando à porta do meu quarto, em uma noite do fim do verão. Olhei o relógio e vi que eram oito horas, horário em que a livraria fecha.

— Não, estou dormindo. — respondi, embrulhada no futon.

— Engraçado, eu achava que gente dormindo não respondesse pergunta.

— Pois eu estou dormindo meu sono dos vinte e cinco. É que eu estou enfeitiçada.

Ouvi meu tio rir do outro lado da porta de correr.

— Ah, você está braba comigo. Bem que o Sabu-san me disse.

— Pode apostar que estou braba. Você sai por aí dizendo que eu estou com um feitiço.

— Desculpe... é que como eu me preocupo com você, acabei falando nisso sem pensar... O Sabu-san vive me perguntando sobre você... Posso falar um pouco com você agora? Tenho que ir a um lugar... estava pensando em levar você junto comigo...

— Obrigada pelo convite, mas não tenho interesse — disse eu, decidida, para a porta.

Mas meu tio não se deu por vencido.

— Juro que você não vai ter que fazer nada que não quiser. E prometo nunca mais interferir no sono de vossa senhoria.

— Promete mesmo? — perguntei, sem confiar muito.

— Juro de mindinho. Se eu não cumprir, pode me dar trezentas bordoadas.

Levantei-me do futon, arrumei um pouco o cabelo e entreabri a porta de correr.

— Você jura? — perguntei, com o olhar fuzilante.

— Promessa de livreiro! — disse ele, sorridente.

Nem bem tínhamos saído do prédio da livraria e já havíamos chegado ao nosso destino, em uma ruazinha ao lado.

— É aqui — disse ele, e parou diante de uma casa de madeira.

Era uma *kissaten*, uma cafeteria em estilo japonês, do tipo raro, que quase não se vê mais na cidade, cujo dono em geral é um senhor discreto, de meia-idade, com um bigodinho. Uma placa luminosa em que se lia o nome do local, SUBÔRU, brilhava na escuridão.

— Sempre venho aqui — disse meu tio, empurrando a pesada porta da entrada.

Senti um intenso aroma de café.

— Olá, Satoru-san. Seja bem-vindo! — saudou um homem a postos no balcão, enquanto derramava água fervente em uma cafeteira de sifão.

— Oi, tudo bom? Deixe-me apresentar minha sobrinha, Takako-chan.

— Prazer em conhecer.

Sentei-me com meu tio no pequeno balcão e fiz uma saudação com a cabeça. Ainda que desprovido de bigode, o dono tinha um ar discreto, o rosto fino, e transmitia tranquilidade e segurança. Devia ter uns quarenta e muitos. Que diferença do meu tio infantiloide!

— Eu vou querer um café passado. E você, Takako?

— Eu também.

Olhei ao meu redor. A iluminação era suave, assim como o piano da música ambiente. Era um bom lugar para relaxar. Nas paredes enegrecidas havia muitos recados escritos ao longo dos anos pelas pessoas que frequentavam a *kissaten*. Tudo ali estava em harmonia com a atmosfera do lugar. "Ah, que bom estar aqui!", pensei, como não pensava havia muito tempo. Senti meu humor melhorar um pouquinho.

— Este café tem quase cinquenta anos! Muitos escritores famosos passaram por aqui — explicou meu tio.

— Não é fácil encontrar um lugar tranquilo como este para escrever — eu disse, admirada.

Uns cinco minutos depois, uma atendente trouxe os nossos cafés.

— Boa noite, senhor Morisaki.

— E aí, Tomo-chan, tudo bem? Esta e a minha sobrinha, Takako.

— Prazer em conhecer — cumprimentei.

— Olá, tudo bem? — respondeu ela, sorrindo.

— A Tomo é cliente fiel da livraria. Está sempre lendo.

— Que exagero! — disse ela, ainda sorrindo.

Ela tinha mais ou menos a minha idade, ou talvez fosse um pouco mais jovem. Tinha a pele clara, o rosto arredondado e falava de forma gentil. O avental preto lhe caía muito bem. Tive a sensação de que poderíamos nos dar bem.

— Você gosta de meninas, Takako? Espera aí que tem meninos aqui também! — disse meu tio, gesticulando na direção do balcão. — Takano-kun, venha cá!

— Boa noite, senhor Morisaki! — respondeu um rapaz alto e magro, colocando a cabeça para fora da cortina da cozinha.

— Takano-kun, bem que você podia sair com a minha sobrinha um dia desses, né.

— Mas era só o que me faltava! — disse eu, dando um tapa na mão do meu tio.

Takano, que aparentemente era tímido, ficou com o rosto vermelho ao ouvir a sugestão do meu tio.

— O Takano-kun me disse que um dia quer ter a própria *kissaten*. Está trabalhando aqui para aprender o *métier*. Mas parece que é muito desajeitado, e está sempre levando puxões de orelha do dono — disse meu tio, saboreando dizer "puxões de orelha".

O dono do café interferiu:

— Morisaki-san, assim a sua sobrinha vai achar que eu sou malvado!

O coitado do Takano realmente tinha uma aparência frágil, sem muita firmeza, como se fosse cair ao chão ao menor peteleco, então não achei nada de estranho no comentário do meu tio sobre ele.

Meu tio estava bem animado. Uma mulher de meia-idade chamou-o de uma mesa próxima:

— Mas se não é o Satoru-san!

— Ah, senhora Shibamoto! Que bom vê-la! — respondeu, todo contente.

Logo em seguida foi chamado a outra mesa, cujos ocupantes fez questão de cumprimentar.

"Quem diria! Quando está na livraria fica lá parado sem fazer nada, mas é só chegar aqui e muda completamente", pensei, suspirando. Era como se eu tivesse levado um cão para passear e ele ficasse me puxando pela coleira, entusiasmado.

— Aqui todo mundo conhece o Satoru! — disse o dono do café, rindo, com seus olhos gentis cheios de rugas.

— Ah, é uma flor de pessoa! — ironizei. — Nossa, o café daqui é o melhor café que eu já tomei na vida. E este lugar é tão aconchegante...

O dono riu baixinho.

— Obrigado! Ouço muito esse tipo de comentário de jovens como você, que não pegaram a época em que havia muitos destes cafés. Como é mesmo o seu nome? Takako? Você nunca tinha vindo a este bairro antes?

— Nunca. Faz pouco tempo que vim morar na livraria.

— Ah, você está morando na livraria Morisaki? Que legal! Aproveite para conhecer melhor Jinbôchô, tem muita coisa para se ver por aqui.

— Sim, eu sei — respondi, sem entusiasmo.

— O que foi?

— O meu tio vive dizendo a mesma coisa.

— Não me surpreende. Acho que não conheço ninguém que ame tanto este bairro quanto o seu tio.

— Pois é, já eu, não vejo que tanta graça pode ter... Mas do seu café eu gostei muito. Quero voltar muitas vezes aqui.

— Venha sempre que quiser — disse ele, estreitando os olhos e sorrindo.

Ficamos um bom tempo na *kissaten*. Quando saímos de lá, era tarde da noite. Fomos caminhando pelas ruas sem rumo. O vento noturno já anunciava o outono, soprando frio em nossos rostos.

Meu tio, que depois do café tinha pedido uma cerveja, estava bastante bêbado. Ia na minha frente, trocando as pernas como uma gaivota tonta, enquanto murmurava coisas como "Ah! Que noite linda!".

Aquela era a primeira vez que saía para passear com o meu tio — ao menos, desde a infância. Quando eu era pequena, eu e ele saíamos de mãos dadas para fazer o que chamávamos de "expedições" nas redondezas da casa do vovô. Ficávamos nisso o dia inteiro. Por que será que eu gostava tanto dessas expedições? Eu era uma criança introvertida, filha única, e meu tio fora como um irmão mais velho para mim, o que tornava esses encontros algo muito especial.

Distraída, recordei que a gente ia para o quarto dele, de quatro tatames e meio, pequeno e sempre bagunçado, e às vezes a gente cantava alguma canção dos Beatles, que ele acompanhava (mal) ao violão; ou ainda a gente esquecia do mundo lendo algum mangá de Tezuka Osamu ou de Ishinomori Shôtarô. Olhei para ele caminhando à minha frente e era como se eu voltasse a sentir um pouco dessa proximidade daquela época.

Dirigi-me àquela incerta silhueta:

— Tio...

— Sim, o que foi? — disse ele, com seu olhar infantil, se voltando para trás.

– - Como você era quando tinha a minha idade? O que você fazia?

— Na sua idade, eu passava o tempo todo lendo...

— Tá, mas isso você continua fazendo.

— Ah, e eu viajava...

— Viajava?

— Sim. Arrumava algum emprego temporário, juntava um dinheirinho... Fui a muitos lugares, de mochila nas costas... Tailândia, Laos, Vietnã, Índia, Nepal... Também fui uma vez à Europa, passando por diversos países.

Nunca imaginei que ele fosse capaz de tanta iniciativa.

— Mas e por que inventou de fazer isso? Não teria sido melhor procurar um emprego estável?

— Pois é, será? — disse ele interrogativo, de braços cruzados, como se precisasse se lembrar de alguma coisa. — É difícil explicar, mas resumindo, eu acho que eu queria ver muitos mundos com meus próprios olhos. Eu queria saber que "eus" eram possíveis. Queria saber se existia um "eu" que fosse dono de si próprio, que não pertencesse aos outros.

Para mim, esse papo de correr o mundo atrás de "possíveis eus" estava em flagrante contradição com o "eu" que decidira voltar ao Japão para ser dono de um sebo de livros.

Além disso, o que ele havia dito não fechava com a imagem que eu tinha dele de quando eu era pequena. Já adulta, eu até entendia um pouco melhor do que ele estava falando. Claro que quando eu estava na faculdade também sonhei um dia ser alguém livre, sem amarras, e viver de acordo com meus valores e sentimentos. Mas é claro que no fim não tive coragem para realizar nada disso.

Talvez fosse por isso que meu tio era capaz de comportamentos tão extravagantes, de uma atitude tão despreocupada com a vida. Senti uma pontinha de inveja dele.

— Entre vinte e trinta anos, eu fui meio sem rumo na vida. Meu pai ficava louco comigo. Mas de repente ele ficou doente e morreu. Então só me restou vir trabalhar na livraria, continuar o legado dele.

— E você se arrepende?

— De maneira alguma! — ele riu. — Não encontraria no mundo emprego melhor para mim. Este bairro é perfeito para alguém que, como eu, adora livros. Tenho orgulho de ter um negócio neste lugar. Por causa disso, minha gratidão por meu avô, por meu pai, é infinita.

— Que sorte você tem.

— Como assim?

— Ué, você ganha a vida fazendo aquilo de que gosta.

— Não é bem assim. No início, tive bastante resistência. Nunca tinha me ocorrido que seguiria a carreira do meu pai. Hoje em dia mesmo, passo o tempo lidando com problemas que não sei resolver. Mas também ninguém nasce já sabendo o que quer da vida. A gente vai descobrindo o que quer à medida que vai vivendo.

— E eu aqui, sem fazer nada, desperdiçando minha vida...

Meu tio deu uma risada gentil.

— Aí é que você se engana. Isso também faz parte da vida. De vez em quando a gente tem que parar tudo e reavaliar. É como se fosse uma parada na longa viagem que é a vida. Aqui é como um cais, onde você ancorou seu navio por um tempo, para descansar. Quando se sentir melhor, é só zarpar de novo.

— Até parece que você pensa assim. Vive me dizendo para não dormir tanto.

Ele riu.

— O ser humano é um animal cheio de contradições.

Também tive que rir. Combinava bem com ele dizer uma coisa dessas.

— E com suas viagens e seus livros, você aprendeu muito?

— Pois é... quanto mais se viaja, quanto mais se lê, a impressão na verdade é de que menos se sabe. Isso também faz parte da vida. Como é aquele haicai do Taneda Santôka? "Depois da montanha / Há outra montanha e depois / Há outra montanha".

— Tio... — eu disse, criando coragem para perguntar algo que havia muito queria saber.

— O que foi?

— Por que a tia Momoko foi embora?

— Hum... No fundo, eu e ela somos pessoas muito parecidas em muita coisa. Foi o que nos uniu no início, mas também foi o que nos separou. Eu a conheci em uma das viagens que eu fiz. A gente se apaixonou. Mas a vida não é uma eterna viagem. Em algum momento, a gente tem que desembarcar em algum porto. Eu pensei que o meu porto seguro seria o mesmo dela, mas no fim não foi.

— Puxa... e como você se sentiu quando ela foi embora? Ficou triste?

— Pois é... — ele olhou para cima, para uma grande nuvem que cobria o céu. — Claro que fiquei triste. Mas...

— "Mas"?

— Hoje eu só quero que ela seja feliz, esteja onde estiver, fazendo o que estiver fazendo...

— Ah, tá — eu disse, incapaz de entendê-lo. — Ela abandonou você e você quer que ela seja feliz?

— Mas a Momoko foi a única mulher que amei de verdade na vida. Isso não vai mudar nunca. As memórias que eu tenho dela... isso fica para sempre. De certa forma, ainda amo a Momoko.

Queria perguntar a ele como podia pensar assim, mas ele me pareceu tão frágil sob a luz do poste, que achei melhor deixar por isso mesmo.

§

Naquela noite, não sei por que, demorei para pegar no sono. Estava estranhamente agitada. Já era alta madrugada e eu ainda não tinha me acalmado.

Fiquei um bom tempo me revirando no futon, com os mais diversos pensamentos se misturando desordenados, até que parecia que minha cabeça ia explodir. Fui tomada de memórias ruins, preocupações com o futuro, tudo girando. Chegou um momento em que não consegui mais suportar. Levantei-me de supetão. Sentia-me asfixiar. Precisava fazer alguma coisa. Pensei em ver televisão, mas tinha uma pilha de livros na frente do aparelho. E às três da manhã nem tinha mais nada de bom passando.

"Se eu tivesse algum livro", pensei no meio da escuridão, "podia ler para passar o tempo. Seria algo para fazer." Nesse momento, soltei um "Mas que sonsa!". Eu não estava em uma livraria? Ali tinha livro que não acabava mais. É que até então eu só tinha considerado eles como meus inimigos. Era difícil até de me lembrar que eles serviam para alguma coisa.

Liguei a luz e me pus a procurar, dentre os livros que estavam mais à mão, alguma coisa que me interessasse. O problema é que eu não fazia ideia do que, naquela quantidade de títulos, pudesse ser de meu interesse. Todos pareciam iguais, cheirando a mofo. Meu tio, tenho certeza, teria sido capaz de, em um instante, identificar ali diversas preciosidades de seu agrado.

Meio sem saber o que fazer, fui até a pilha de livros de bolso, fechei os olhos e peguei um livro qualquer ao acaso. O título era: *Até a morte da menina*. O autor era Murô Saisei. Eu me lembrava vagamente de ter ouvido o nome do autor nas aulas do ensino médio, mas fora isso não sabia nada dele nem do livro.

Me enrolei no cobertor e comecei a ler sob a fraca luz. Não tinha nenhuma ideia preconcebida sobre o que ia encontrar. Imaginei que ia me entediar logo em seguida e acabar pegando no sono.

Qual não foi minha surpresa... Uma hora depois, eu estava completamente imersa no universo da novela. O texto tinha partes bem difíceis, com palavras complicadas, mas o tema eram as relações pessoais e a psicologia das pessoas comuns, o que capturou com facilidade o meu interesse.

O personagem principal era de Kanazawa e sonhava, desde criança, em se tornar um poeta. Com esse objetivo, vai morar em Tóquio, instalando-se em Nezu, que é onde se passa a maior parte da história. Ele se envolve com a meia-irmã e depois com a namorada de um amigo. A "menina" morta do título é uma garota que o personagem principal conhece por acaso, numa época em que estava na miséria e sem trabalho. Ao conviver com ela, o coração dele, tão machucado pela vida, começa a se fortalecer, ainda que por um curto tempo.

O que mais me atraiu na história foi a maneira serena e delicada como o autor descreve as dificuldades da infância e a triste juventude do protagonista. Algo não dito expressamente no texto, uma certa gentileza, foi me ganhando mais e mais à medida que ia lendo. A narrativa era poderosa porque o autor escrevera a partir de um sólido amor pela vida.

Quando fui ver, o dia lá fora já estava clareando.

Eu tinha lido mais de cem páginas.

Quando o tio Satoru chegou na loja, à tarde, eu não cabia mais em mim de vontade de contar-lhe o acontecido. Ele não estava esperando a recepção entusiasmada e ficou com os olhos arregalados quando eu fui correndo falar com ele.

— Ai, adorei esta história! — eu disse, mostrando o livro.

O rosto do meu tio se iluminou. Parecia uma criança que ganhara um ótimo presente de aniversário.

— Sim, essa história é muito boa mesmo!

— Muito, muito boa. Emocionante — respondi, por falta de palavras melhores.

"Emocionante" não dava conta de explicar a complexidade dos meus sentimentos.

— Que bom que você gostou do livro, Takako. Mas o que deu em você para começar com Murô Saisei? Com tanta coisa mais alegre...

Ele parecia tão feliz, que me contagiou.

Ficamos um tempo conversando sobre o livro. Fui tomada pela felicidade que as pessoas sentem quando descobrem um ponto em comum com alguém com quem até então acreditavam não ter nada de parecido. É uma enorme alegria, mesmo que o companheiro de interesse seja meu tio — não, a alegria é tanto maior porque era alguém como o meu tio.

Às vezes, o que abre uma porta para a gente é algo inesperado. Eu sentia como se aquele livro tivesse aberto uma porta para mim.

A partir de então, passei a ler um livro atrás do outro. Era como se um desejo de leitura, até então adormecido, tivesse de repente subido à superfície.

Lia um livro de cada vez, com calma, saboreando cada página. Eu tinha todo o tempo do mundo, e sabia que nunca me faltariam livros para ler.

Nagai Kafû, Tanizaki Jun'ichirô, Dazai Osamu, Satô Haruo, Akutagawa Ryûnosuke, Uno Kôji... fui lendo com avidez os títulos que mais chamavam a minha atenção. De alguns autores eu lembrava do colégio; de outros, nunca tinha ouvido falar. Achava sem muita dificuldade livros novos que me despertavam a vontade de ler.

Eu não sabia, até então, que ler podia ser algo tão maravilhoso. Cheguei a pensar que tinha desperdiçado todos os anos pregressos sem ler.

Deixei de passar o dia inteiro na cama. Não sentia mais necessidade de dormir tanto. Em vez de fugir da realidade nos sonhos, quando meu tio chegava para o turno da tarde eu ia para o meu quarto continuar a leitura, ou senão levava meu livro para ler na *kissaten*.

Os livros usados têm, em suas páginas, uma quantidade de história que até então era desconhecida para mim. E isso não se limitava à história das narrativas. Em cada livro, eu descobria vestígios de sua longa existência.

Por exemplo, quando estava lendo o conto "Paisagem interior", de Kajii Motojirô, encontrei este trecho sublinhado:

> *"Observar é algo extraordinário. Parte do espírito, ou talvez todo ele, é transferido para aquilo que se observa."*

Alguém antes de mim leu este livro e, ao chegar nesta frase, se encantou a ponto de achar que precisava sublinhá-la; e eu, igualmente encantada pelo texto, senti como que uma conexão com este leitor anterior.

Mais de uma vez encontrei dentro de livros flores secas usadas como marcador de página. Quando isso acontecia, eu tentava imaginar, pelo que restava de seu aroma, que tipo de pessoa as pusera ali, em que época, e com que sentimentos.

Esse tipo de encontro para além do tempo só é possível com um livro usado. Foi então que comecei aos poucos a me apaixonar também pela livraria Morisaki, onde ficavam todos esses livros que aprendi a amar. O tempo que eu passava ali, naquele pequeno espaço de tranquilidade, me parecia cada vez mais precioso. Aos poucos fui aprendendo sobre os autores das obras à venda e me familiarizando com os clientes habituais. Um dia, reconhecendo minha mudança, até o senhor Sabu comentou:

— Muito bem, mocinha! Grande progresso!

Outro hábito que adquiri nessa época foi o de andar pelas ruas do bairro de Jinbôchô.

Fazia menos calor, o que me dava mais vontade de passear na rua. As folhas das árvores iam a cada dia amarelando mais, e meu humor ia pouco a pouco melhorando.

Em meus passeios, comecei a observar o bairro com olhos completamente diferentes dos que tinha ao chegar aqui. As ruas me pareciam agora como uma grande aventura. Tanto as grandes avenidas como as alamedas estreitas estavam cheias do charme da Cidade Baixa, com seus sebos de livros, suas *kissaten*, seus bares exóticos... Tinha vontade de entrar em todas as lojas, de saborear aquela atmosfera tranquila, muito diferente do frenesi da metrópole que um dia me dera tanta repulsa.

Com o tempo, vi que cada um dos sebos de livros tinha seu colorido especial.

Para quem gosta de narrativa de ficção, havia inúmeras lojas com as mais diversas especialidades, como literatura estrangeira, romances históricos etc. Havia as que só vendiam revistas de cinema; as que se especializavam em literatura infantil; e até as que vendiam livros antigos da Era Edo, encadernados à moda tradicional japonesa. Os donos das livrarias também variavam bastante de estilo. Alguns eram casmurros e mal-humorados; outros, mais joviais e simpáticos. Um dia, passei na frente do centro de informações turísticas e resolvi entrar. Um folheto que peguei informava que há, no bairro de Jinbôchô, mais de 170 livrarias. Não era de espantar que meu tio afirmasse que aquela era a maior zona livreira do mundo.

Quando me cansava de caminhar, ia descansar em alguma *kissaten*.

Não há nada que combine mais que um café com o friozinho dessa época do ano. Sentia todo o meu corpo relaxar ao sorver o primeiro gole da bebida quentinha.

§

Meus dias se passavam assim quando o outono chegou.

Não havia dúvida de que minha nova rotina tivera um impacto positivo na minha disposição. Aos poucos, consegui afastar os pensamentos negativos que por tanto tempo predominaram no meu dia a dia.

Com a minha melhora de humor, comecei a fazer amizades no bairro. O dono e os empregados da *kissaten* Subôru já estavam acostumados a me verem lá, e eu fiquei muito amiga de Tomo, a atendente.

A Tomo estava no primeiro ano do curso de Letras e nas horas vagas trabalhava na Subôru. Volta e meia aparecia na livraria Morisaki para olhar os livros. Tinha dois anos a menos que eu. Parecia muito calma e gentil, mas no fundo possuía uma personalidade muito exaltada e passional. Como boa estudante de Letras, nutria um amor intenso pelos escritores de sua preferência. Eu gostava muito da complexidade de seu caráter.

Ela começou a aparecer na livraria no caminho de volta do trabalho e criamos o hábito de ir para o andar de cima para conversar e tomar um chá, rodeadas pelas pilhas de livros.

Na primeira vez que Tomo entrou no quarto de cima da livraria, seu rosto se iluminou.

— Este lugar parece um sonho!

— É? Você acha? Tão pequeninho, só tem um fogão de duas bocas... — disse eu, expressando minha opinião pragmática de quem tinha que viver naquele lugar nada conveniente.

— Mas é muito melhor assim! — respondeu ela, como quem acha que eu não sabia de nada desta vida. — Não tem nada de supérfluo... só livros e mais livros à vontade. Mas é o paraíso!

— Se você diz...

— Pode ter certeza! — exclamou ela, com os olhos brilhantes.

Dei uma olhada em torno. Até então, não tinha achado nada de mais naquele quarto, mas com os comentários de

Tomo, para minha surpresa, ele começou a parecer muito mais interessante.

Ela propôs embelezar ainda mais o quarto com algumas flores. Fomos na floricultura da esquina e compramos um buquê de cosmos, que pusemos em um vaso sobre a mesinha. Desde então, adquiri o hábito de enfeitar o quarto com flores da estação.

Um dia, quando já estávamos mais íntimas, ocorreu-me perguntar:

— Tomo-chan, de onde surgiu essa sua paixão por livros?

Ela respondeu com sua habitual suavidade:

— Pois é... por que será? No ensino fundamental, eu era muito calada, tinha muito medo de dizer o que eu pensava... Mas, por dentro, estava sempre imersa em um turbilhão de emoções. Eu tinha uma imagem muito negativa de mim mesma... Nessa época, encontrei em um livro de Dazai Osamu que minha irmã mais velha tinha em casa o conto "A aluna". Foi aí que tudo começou. E, de lá para cá, continuo louca por livros.

— É mesmo? Acho que todo mundo que gosta muito de ler tem uma história desse tipo, de um encontro inesquecível com um livro... — disse eu, emocionada.

— Vamos torcer para ainda termos muitos encontros desse tipo — disse ela, rindo.

— Tomara mesmo! — concordei.

Nessa mesma época, graças à Tomo, aconteceu-me outro episódio notável.

Certo dia, no início da tarde, eu estava sozinha na livraria quando o Takano, colega da Tomo na *kissaten*, chegou sem avisar. Como ele trabalhava na cozinha, até então eu não tinha tido muitas oportunidades de conversar com ele. Seu corpo esguio se destacava ainda mais em contraste com o ambiente da livraria.

— *Konnichiwa!* — saudei, tão logo o vi.

Ele curvou-se em resposta. Olhava para todos os lados, como se estivesse nervoso.

"Que rapaz estranho", pensei.

— Está procurando alguma coisa?

— Não... pois é... é que... — balbuciou, confuso.

"Mas o que será que ele quer?", fiquei me perguntando. Estava com o rosto corado. Era como um garoto constrangido diante da menina de quem gosta. "Ai, será que ele gosta de mim?", alarmei-me. Naquele dia em que meu tio lhe dissera para sair comigo, eu lembrava que o Takano ficou muito encabulado. "Era só o que me faltava", pensei, sentindo-me também constrangida.

Um silêncio desconfortável recaiu sobre a loja. Estava difícil de respirar, como se o ar estivesse rarefeito.

Quando eu não achava mais que pudesse aguentar a tensão, já ia abrir a boca para dizer alguma coisa quando ele falou primeiro, em voz bem alta:

— Eu queria perguntar uma coisa.

Eu tinha tanta certeza de que ele estava prestes a se declarar que já estava pensando em como poderia rejeitá-lo sem magoá-lo.

No entanto, o que ele disse em seguida não tinha nada a ver com o que eu estava esperando.

— A Aihara-san vem sempre aqui, não? — indagou, com o rosto rubro.

— Aihara é o sobrenome da Tomo?

— Isso.

— Sim, normalmente ela vem aqui no intervalo do almoço da *kissaten*, por quê?

— E quando ela vem, sobre o que vocês conversam?

A minha temperatura interna foi de alta a baixa em um instante. Meu coração chegou a pedir que lhe devolvessem a tensão de momentos atrás. Perguntei um pouco contrariada:

— Então você gosta da Tomo?

— Não, não é nada disso.

— Pode me contar. Ela é muito querida. Mas eu acho que você a conhece muito melhor que eu. Afinal, vocês trabalham juntos na *kissaten*...

— Ih, que nada, eu fico fechado na cozinha, ela atende no salão. E eu não levo muito jeito com as palavras...

— Notei que você era tímido desde a primeira vez que te vi.

— Será que ela tem namorado? — inquiriu, com o alarme na voz de quem pergunta a coisa mais importante do mundo.

— Pois é... sabe que até hoje a gente nunca falou sobre isso? Bom, mas ela é bonita, simpática... não me surpreenderia se tivesse namorado.

— Será que você poderia, como quem não quer nada, perguntar sobre isso da próxima vez que se virem?

— Mas por que eu, se o interessado é você? Você é que tem que perguntar, ué.

— Como vocês são amigas, seria mais natural você perguntar. E eu nunca falei com uma garota na vida...

— E eu sou o quê? Está falando com uma agora! — disse eu, atônita.

Mas ele não pareceu entender.

— Posso pagar pelo favor. Se você me ajudar com isso, sempre que você for na *kissaten* o café é por minha conta.

Aí eu vi vantagem.

— Sério mesmo? Então eu vou lá todo dia tomar café.

— Todo dia? Daí fica complicado...

— Mas você é pão-duro, hein. Com o módico investimento de uma xícara de café por dia, você poderia se aproximar da pessoa amada...

— Tá booom — respondeu ele, a contragosto. — Mas você tem que me prometer que ela não vai ficar sabendo de nada disso.

— Claro que não, né — prometi, levando uma das mãos ao coração.

Assim, selamos um pacto secreto. Ele me confessou que estava apaixonado por ela havia quase seis meses. E, nesses seis meses, eles nunca conversaram nada além dos cumprimentos do dia a dia. Todo esse tempo, ele permaneceu admirando Tomo a distância. História deprimente, na verdade, mas com um quê de emocionante.

Depois que aceitei o desafio, estava disposta a qualquer coisa para que os dois ficassem juntos. Tomo poderia pensar que não era da minha conta, mas o Takano era um bom rapaz, ainda que tímido e desajeitado. Ele só precisava de uma chance.

Assim, não medi esforços para ganhar meus cafés, digo, em prol da felicidade dos dois jovens. A primeira coisa foi fazer à Tomo diversas perguntas pessoais. Ela não tinha namorado e não estava interessada em ninguém. Sua cor preferida era o azul-escuro. Seu animal preferido, o arganaz-do-japão. Seu bairro preferido, óbvio, era Jinbôchô. Tornei-me uma especialista em tomologia. Acho que ela, que não sabia a razão da minha curiosidade, não curtia muito o interrogatório.

A cada nova informação, ia até a Subôru contar para Takano, enquanto tomava meu café-recompensa.

— O animal preferido dela é o arganaz-do-japão! — eu dizia, baixinho, debruçada no balcão.

— Nossa, o arganaz? Que incrível! — respondia ele, também baixinho.

O dono da *kissaten*, que gostava de uma fofoca, convenceu-se de que estávamos de namoricos e espalhou a novidade por entre os clientes do estabelecimento.

Mas meu esforço era inútil. De nada adiantava toda aquela investigação, pois o Takano, medroso, nunca arrumava uma maneira de conversar com a Tomo. Quando soube que ela não tinha namorado, ele deu um grito de vitória, mas, se fosse depender dele para que os dois começassem a conversar, a coisa ainda ia demorar uma década. Não tinha sentido.

De todos os envolvidos, eu era a que estava ficando impaciente. Fiquei quebrando a cabeça, tentando achar uma maneira de fazer com que os dois conversassem.

Nisso, aconteceu uma feliz coincidência.

Estava eu bem bela tomando meu chá, quando uma tarde a Tomo me falou que ia ter uma feira de livros usados.

— Que feira é essa? — perguntei, distraída.

— Você não sabe? Todos os anos, no outono, os livreiros fazem uma feira ao ar livre. O bairro fica tomado de gente.

— Parece divertido.

— Seu tio também participa.

— Nossa, é mesmo?

— Claro, todos os livreiros participam.

E meu tio, sendo meu tio, mais uma vez esquecera de me avisar de uma coisa importante. "Ah, mas ele me paga!", prometi a mim mesma.

— Você não quer ir à feira comigo? — perguntou ela.

E foi nesse momento que tive uma epifania. Era uma oportunidade única, precisava avisar o Takano o quanto antes. Estava tão afobada que aceitei duas vezes:

— Sim, sim! Vamos, vamos!

5

A Feira do Livro Usado de Kanda começava no final de outubro e durava uma semana inteira. Durante esse período, as ruas se enchiam de balaios e estantes com livros usados.

Fiquei surpresa com a quantidade de visitantes que a feira recebia. Amantes de livros — homens e mulheres de todas as idades — lotaram as ruas do bairro. Talvez fosse porque era um evento anual, mas a agitação superou em muito o que eu esperava. As avenidas Yasukuni e Sakura vibravam com o entusiasmo da multidão, e a área das livrarias, que em geral era de um tom sépia, estava cheia de atividade e de cor desde a manhã. Era uma vista espetacular.

A livraria Morisaki não poderia ficar de fora. Tio Satoru e eu passamos vários dias organizando uma grande quantidade de livros usados e os colocamos em balaios em frente à loja. O movimento da loja dobrou, e alguns clientes chegavam a comprar caixas inteiras de livros em promoção.

Como esperado, meu tio, que adorava festivais, estava muito animado. Ele vinha à feira de livros usados todos os anos desde que era criança. Ele me disse que nesta época seu corpo reagia automaticamente à intensa movimentação do bairro.

— Agora a temperatura vai começar a esfriar e o número de clientes que vem à loja diminuirá muito. Precisamos ganhar dinheiro durante este período — dizia, como um verdadeiro homem de negócios.

No entanto, contradizendo as próprias palavras, ele sempre se distraía e ia dar uma olhada nas lojas vizinhas. É claro que minha função era trazê-lo de volta toda vez que isso acontecia.

Na tarde do terceiro dia, terminei o trabalho mais cedo com a permissão do tio Satoru e saí com a Tomo para ver a feira. E então, conforme planejado, o Takano apareceu como que por acaso.

Takano e eu não sabíamos mentir muito bem. Foi uma grande encenação quando dissemos um para o outro:

— Oh, que coincidência!

— É mesmo, vocês por aqui!

Mas Tomo, que é ingênua por natureza, não percebeu nada disso.

— Vamos juntos olhar a feira? — eu disse, como quem acabava de ter essa ideia.

— Vamos! — respondeu Takano, com fingida surpresa.

Takano ficou petrificado com a presença da Tomo. Preocupada, sussurrei-lhe discretamente:

— Você está parecendo o Robocop.

— É que eu esqueci como se anda — respondeu ele, com voz metálica como se fosse um robô.

Até a Tomo ouviu o comentário dele, e todos nós caímos na gargalhada.

A caminhada pelo bairro cheio da energia dos visitantes era capaz de animar qualquer um. Parece que meus dois amigos também estavam se divertindo, com enormes sorrisos em seus rostos enquanto caminhavam despreocupadamente. Mas é claro que havia outra razão para a empolgação do Takano. Sempre que a Tomo falava com ele, ele parecia estar em êxtase, como se estivesse em um campo de flores. Era tão engraçado, que eu estava me segurando para não rir.

Enquanto estávamos vasculhando livros usados em uma barraquinha na interseção central de Jinbôchô, encontramos o senhor Sabu. Ele estava com sua esposa, e os dois mal conseguiam segurar todas as sacolas de papel abarrotadas de livros que levavam. A esposa dele parecia uma mulher elegante com seu quimono. Achei que era areia demais para o caminhãozinho do senhor Sabu. No entanto, a relação deles, construída ao longo de décadas de altos e baixos, dava uma sensação de harmonia que só têm aqueles que compartilharam muitos anos juntos.

Quando comentei sobre todas as sacolas que o senhor Sabu estava segurando, a esposa deu-lhe um cutucão.

— Você está vendo? Ele compra montes de livros assim o tempo todo, então agora nossa casa está cheia deles. Vocês deviam ir lá em casa fazer uma avaliação e levar todos os livros embora, que tal? — disse ela, irritada.

Apavorado, o senhor Sabu implorou à esposa:

— Por favor, não diga isso. Eu nem comprei tanto assim da última vez! — Mas ela não pareceu convencida.

Eles se despediram da gente, mas nós continuamos rindo por um bom tempo depois de eles irem embora.

Seguimos radiantes pela movimentada avenida Yasukuni. Compramos livros à vontade. Depois Tomo sugeriu:

— Ah, eu tenho um lugar interessante para mostrar para vocês!

E nos levou a uma loja chamada Kintoto, especializada em livros didáticos da Era Taishô. Apaixonei-me pela linguagem antiquada e ao mesmo tempo diferente da que a gente costuma ver em livros escolares, e acabei comprando um livro de japonês para o fundamental que custou quase dois mil ienes.

Quando a noite chegou e todas as lojas começaram a fechar, nós entramos em um restaurante ocidental localizado dentro da Sanseidô para jantar. Naquele momento, Takano estava bem menos tenso, não mais no mundo das flores, mesmo diante da Tomo. Na verdade, ele era profundo conhecedor de literatura estrangeira e, durante o jantar, nos contou longamente sobre os encantos de autores como Faulkner, Capote e Updike, o que nos impressionou muito, considerando sua falta de habilidade para conversar até então. Tanto eu quanto a Tomo ficamos muito impressionadas.

De qualquer forma, foi um dia extremamente agradável. Takano me agradeceu muito depois, mas como fui eu quem mais se divertiu, realmente não senti que havia necessidade de agradecimentos.

6

No último dia de feira, fechei a loja ao anoitecer e fui para meu quarto, onde fiquei um tempo sozinha com meus pensamentos.

Olhando pela janela, a rua estava estranhamente quieta, como se toda a agitação da semana anterior tivesse sido uma ilusão. Deitada na cama, ouvia bem alto o tique-taque do relógio. Enquanto olhava para o teto, um sentimento estranho de inquietação tomou conta de mim, e comecei a sentir a mesma solidão que sentira quando chegara à livraria.

De repente, alguém bateu à porta, e eu pulei de susto. Olhei apreensivamente naquela direção e, pela fresta da porta de correr, avistei olhos arregalados que me observavam fixamente.

— Aaaaaah! — soltei um grito, pálida como uma protagonista de filme de terror

— Nossa, eu te assustei? — perguntou uma voz estranhamente aguda, seguida por uma cabeça desgrenhada.

— Que susto, tio!

Suspirei aliviada e levei a mão ao peito.

— Desculpe, desculpe!

Ele entrou no quarto carregando duas sacolas grandes de plástico e perguntou:

— Posso atrapalhar um pouco?

Ele tirou bebidas alcoólicas e sucos das sacolas e os colocou de forma casual na mesinha. Havia até mesmo chips de batata e petiscos de lula seca.

— Você não tinha ido à festa da cooperativa? — perguntei.

— Fui só para cumprimentar o pessoal e depois saí. Hoje eu queria fazer uma festa particular para nós dois — disse, com um sorriso travesso. — Pensando bem, nunca bebemos juntos, não é?

— Verdade, é uma ótima ideia. Vamos fazer isso.

Minha tristeza anterior parecia ter desaparecido completamente, e meu humor logo melhorou.

Meu tio espalhou sobre a mesinha tudo o que estava nas sacolas de plástico e o quarto se transformou em uma festinha particular. Enquanto ouvíamos o zumbido suave dos insetos lá fora pela janela aberta, bebíamos nossos drinques lentamente. Envolvidos na serenidade da noite, o tempo parecia fluir devagar.

— Parece que você se acostumou totalmente com a vida aqui, Takako-chan — comentou meu tio, apoiado na estante de livros e esticando as pernas com um ar de contentamento.

— Pois é... No início, não sabia no que ia dar... Mas agora estou saboreando essa pausa da vida adulta... — respondi, rindo.

— Que bom!

— Claro que tem algumas coisas que me incomodam.

— Por exemplo?

— Eu não gosto de dar o braço a torcer, mas você tinha razão quando disse que eu ia gostar de viver aqui...

— Acontece que eu também não tinha certeza se ia dar certo! Fico aliviado que você se adaptou. E, se quiser, pode continuar morando aqui...

As palavras gentis do meu tio fizeram meu coração se apertar um pouco no peito.

— Por que está sendo tão gentil comigo? Eu sei que sou sua sobrinha, mas nós nem nos conhecemos direito...

— Porque gosto de você, ué — respondeu ele, com naturalidade, sem nenhum sinal de constrangimento. — Eu sei que para você eu sou apenas um tio distante que você mal conhece, mas para mim é diferente. Você é um anjo para mim.

— "Anjo"?

Quase me engasguei com a cerveja que estava bebendo. Nunca tinha ouvido alguém dizer algo assim, fosse do sexo oposto ou do mesmo sexo.

— É verdade, um anjo. E você é minha benfeitora.

— "Benfeitora"?

Estava me sentindo cada vez mais confusa. Eu não conseguia me lembrar de nada que eu tivesse feito por ele.

— Sim, benfeitora. Mas isso é apenas o que eu penso, não é uma história muito interessante, então vamos parar por aqui...

— Não, eu quero ouvir.

Ele olhou fixamente para mim e perguntou:

— Você não vai rir, vai?

Depois que eu prometi não rir, ele começou a falar lentamente, como se estivesse lembrando do passado.

— Desde o final da adolescência, tenho depressão. Levava uma existência apática, sem objetivo. Não conseguia me encaixar bem no ambiente ao meu redor, nem na escola, nem em casa. Ficava apenas fechado em minha concha. Era uma pessoa muito sensível, com expectativas e ambições maiores do que eu poderia realizar, mas sem nada para mostrar ao mundo. Era assim que eu me sentia. Eu nunca pensei que encontraria meu lugar no mundo.

Eu não fazia ideia de que ele um dia fora assim. No entanto, eu me perguntava qual era a conexão entre isso e o fato de ele me chamar de anjo. Ele continuou sua história:

— Então, você nasceu. Sua mãe foi a Kyûshû mostrar a neta aos nossos pais. Foi a primeira vez que nos vimos. Quando olhei para você, um bebê tão pequeno e tranquilo enrolado em uma manta, meus olhos se encheram de lágrimas sem que eu entendesse o porquê. Fiquei muito emocionado com o mistério da vida. Pensei que você cresceria, absorveria muitas coisas e experimentaria tantas primeiras vezes, e isso me deixou feliz, como se fosse algo relacionado a mim. De repente, senti como se meu coração despedaçado estivesse sendo preenchido por uma luz quentinha. Senti uma vaga determinação surgindo dentro de mim. Foi nesse momento que tomei uma decisão. Não podia me trancar em uma prisão mental. Eu iria me mover, ver coisas diferentes e aprender com elas. Iria procurar por um lugar a que pudesse pertencer. Minha jornada e minha paixão pela leitura foram influenciadas por esse pensamento. Em resumo, meu encontro com você, Takako-chan, foi como uma epifania.

— Uma epifania... nossa, que coisa.

— De certa forma, você é minha benfeitora. Por isso, estou disposto a fazer qualquer coisa por você.

O tom sério e sincero de meu tio me deixou sem palavras, sem saber como reagir. Eu me senti envergonhada por tê-lo tratado mal tantas vezes... tudo parecia infantil agora. Todo esse tempo, ele estava pensando em mim dessa maneira... Mas agora eu finalmente entendi por que meu tio costumava ser tão gentil comigo quando eu era pequena. Mas que boba eu tinha sido! Naquela época, eu considerava a gentileza dele algo que eu merecia naturalmente.

Meu coração ficou quentinho de alegria quando compreendi que era amada daquela maneira. Segurando o choro, eu lhe disse:

— Isso não é discurso que se faça com acompanhamento de lula seca, né, tio. Por favor.

Ele riu. Eu continuei:

— Então, você finalmente encontrou seu lugar no mundo?

— Acho que sim. Mas isso levou muitos anos para acontecer.

— Esse lugar é aqui?

Ele assentiu silenciosamente.

— Sim, é aqui. Nossa boa e velha livraria Morisaki. Engraçado que depois de perseguir grandes sonhos pelo mundo, acabei voltando para o lugar que conheço desde a infância, não é? Mas no fim, foi isso que eu fiz: retornei a este lugar. Percebi que não era apenas uma questão de localização física. Era uma questão de coração. Onde quer que esteja, com quem quer que esteja, se eu for honesto comigo mesmo, este é o meu lugar. Quando percebi isso, a primeira metade da minha vida acabou. E decidi voltar para o meu porto favorito e ancorar ali. Para mim, este lugar é sagrado e o mais reconfortante.

— Esses dias o senhor Sabu me disse que você era o salvador desta loja...

Ele riu.

— Haha, um salvador? Isso é um tanto exagerado. Bem, para simplificar, quando meu pai ficou doente e a administração da loja precisou de ajuda, eu simplesmente assumi o negócio. Inicialmente, meu pai resistiu muito. Afinal, sou um cara um pouco descuidado, e o comércio de livros usados estava em um momento bastante difícil na época. Mas praticamente implorei de joelhos para que ele me deixasse assumir a loja.

— Ah, eu não sabia que tinha sido assim...

— Porque, entende, como eu poderia simplesmente deixar essa loja desaparecer? Este lugar é onde passei a maior parte da minha infância. Eu costumava me sentar ao lado do meu pai no balcão, quietinho, lendo os contos de Andersen, e às vezes ele acariciava minha cabeça com aquela mão enorme. Eu me sentia realmente feliz nessas horas. Eu sentia que se este lugar desaparecesse, todas essas memórias desapareceriam também, e isso eu não podia aceitar.

As palavras do meu tio me causaram muito impacto.

O tio que eu acreditava conhecer... Quem seria, na verdade? Havia tanto sofrimento e dor dentro dele. Ele tinha sofrido muito mais do que eu. Ainda assim seu coração parecia tão precioso.

Talvez o sorriso constante que ele mostrava diante dos outros fosse um esforço para esconder seus verdadeiros sentimentos, para não revelar o que estava em seu coração. Só que lá dentro...

Ao pensar isso, um sentimento de profunda tristeza tomou conta de mim.

— Eu queria que este lugar fosse assim para a Momoko também... Quando ela foi embora, eu estava ocupado reconstruindo a loja, e, até o final, eu não fui capaz de ver como ela estava se sentindo.

— Tio...

— Sim?

— Eu gosto muito desta loja, sabe.

Queria ter falado algo mais impactante, mas só consegui dizer isso. No entanto, era o meu sentimento mais sincero e honesto.

— Obrigado. Esta loja pode não ser um lugar de primeira necessidade para muitas pessoas, mas, enquanto houver alguém que aprecie livros usados, estou disposto a continuar por muitos anos mais. Nas palavras de Kinoshita Naoe, "O barco à deriva flutua leve com o fluxo", e é assim que quero viver junto com esta loja.

E, dizendo isso, ele riu baixinho.

§

Depois dessa nossa conversa, comecei a pensar mais seriamente sobre a minha vida.

A livraria era um lugar aconchegante e reconfortante, mas eu não podia me acomodar assim para sempre. Se fizesse isso, nunca iria crescer... iria permanecer frágil. Precisava sair dali e recomeçar minha vida. Passei a sentir isso com muita força.

No entanto, ao mesmo tempo que pensava assim, uma sensação de insegurança brotava em meu coração, e eu ficava com medo de ir embora. Queria ficar ali um pouco mais. Mesmo que essa atitude de querer ficar mais um pouco reforçasse minha fragilidade.

No final, não consegui tomar uma decisão definitiva e continuei no andar de cima da livraria Morisaki por um bom tempo.

Eu estava esperando por algum tipo de sinal ou oportunidade.

E então, um dia, esse sinal chegou de repente.

7

No dia dois de janeiro, recebi uma mensagem de voz no celular.

Não fui para a casa dos meus pais em Kyûshû no Ano-Novo e acabei ficando na livraria Morisaki. A loja estava fechada até o dia cinco, e meu tio viajou para uma estação termal com seus colegas da cooperativa. Fiquei sozinha em Tóquio.

Durante o final do ano e o início do seguinte, Jinbôchô ficava deserta. Como não há muitas residências nas proximidades, a maioria dos restaurantes e empresas ficava realmente vazia durante o feriadão. Na avenida Yasukuni, os automóveis eram raros.

Na véspera do Ano-Novo, fui ao santuário de Yushima com Tomo, mas, fora isso, não fiz mais nada de especial. No dia primeiro e no dia dois, decidi passear sozinha pelo bairro. Caminhar pelas ruas da cidade, que pareciam ter se tornado cascas vazias, era uma experiência muito agradável, e o ar parecia estar muito mais limpo do que o normal. Eu deixei meu cachecol balançar ao vento e continuei a caminhar sem rumo, parando de vez em quando para respirar fundo.

Quando cheguei em casa, no início da noite do dia dois, vi que o celular, que eu havia deixado para trás no quarto, tinha uma notificação.

Embora eu já tivesse apagado o nome dele dos contatos, quando vi o número na tela, imediatamente soube de quem era. Então, o bom humor que eu estava sentindo desapareceu e senti meu peito apertar. Com dedos trêmulos, apertei a tela e ouvi a mensagem de voz.

— E aí, Takako. Quanto tempo! Como você está? Não tenho nada de interessante para fazer... você não quer sair um pouco? Se você me ligar, posso te pegar aí em um instante...

Excluí a mensagem sem ouvir até o fim. No entanto, já era tarde demais. Um sentimento desagradável se espalhou dentro do meu peito com uma velocidade assustadora e permaneceu ali, persistente.

§

Depois do feriado de Ano-Novo, a loja reabriu e o desconforto em meu peito só aumentava.

Um peso gelado, que eu era incapaz de expressar em palavras, ia preenchendo meu coração, bloqueando-o pouco a pouco.

Percebi mais uma vez que ainda não havia chegado a qualquer tipo de solução para aquele problema. Eu simplesmente o ignorara, esperando que o tempo fizesse todo o trabalho. No entanto, mesmo após seis meses, ao ouvir por alguns segundos a voz dele, senti meu coração acelerar. Finalmente, percebi que deixar ressentimentos acumulados não resolvia nada.

Por volta do final de janeiro, quase na hora de fechar a loja, meu tio me assustou perguntando, de repente:

— Takako-chan, o que você está guardando no seu coração? Se está incomodada com alguma coisa, quer conversar?

— Como você sabe?

— Só de olhar pra você, ué. Meus olhos não são buracos. — respondeu ele, se fazendo de emburrado.

E eu que achava que estava agindo normalmente o tempo todo! No entanto, meu tio tinha percebido tudo.

— Você parecia tão bem, então eu estava tranquilo. Mas nos últimos tempos, você está agindo de forma estranha o tempo todo. Quando tento conversar, você parece distraída — disse ele.

— Você acha mesmo?

— Acho não, tenho certeza. Não sei se eu posso ajudar com alguma coisa, mas talvez conversar um pouco possa te fazer sentir melhor.

Eu não tinha a intenção de contar o ocorrido a ninguém, mas depois de ouvir as palavras do meu tio, eu desmoronei. No fundo, eu queria que alguém ouvisse. Eu queria ser consolada. Eu queria ser tratada como uma criança frágil. Fiquei realmente envergonhada comigo mesma por ser tão fraca, mas as palavras do meu tio derrubaram minha resistência como um castelo de cartas.

Enquanto bebíamos juntos, eu abri meu coração para meu tio e desabafei tudo o que tinha acontecido até então. Lá fora, a fria chuva de inverno começou a cair, e as gotas batucavam na janela.

— Ai, nem é nada de mais — eu disse.

Eu comecei a conversa assim, e, de fato, quando comecei a falar, percebi que a história não tinha nada de mais. Eu perdera um namorado e um emprego, e só. Enquanto falava, até ri de mim mesma quando vi que no fundo tudo não passava de uma ocorrência insignificante. No entanto, ao me abrir e contar tudo, me senti um pouco mais aliviada.

Enquanto ouvia, meu tio bebia em silêncio o seu uísque, em um ritmo mais rápido que o normal. Eu levei uma hora para terminar a história, durante a qual eu tive de me interromper, com a voz embargada, em vários momentos, mas, mesmo depois que parei de falar, ele permaneceu em silêncio por um tempo. Parecia que ele estava pensando profundamente, o olhar parado no copo em suas mãos.

No fim, meu tio terminou sua bebida com um gole e, com determinação, disse:

— Bom, então vamos ter que ir lá e exigir que ele te peça desculpas... Ele vai ter que admitir que te machucou e que foi um imbecil. Quero ouvir isso da boca desse cara.

Essa reviravolta totalmente inesperada me deixou em choque.

— Como assim? A essa hora? Já são onze da noite!

— E o que é que tem?

Meu tio disse isso e se levantou, decidido, pronto para sair. Eu rapidamente segurei seu braço.

— Está tudo bem, eu fui uma idiota. Só queria desabafar com alguém. Tio, você está bêbado, não está?

— Não, não estou bêbado. Bem, na verdade, estou um pouco bêbado. Mas isso não importa. Você não tem raiva dele? Ele não teve pena de te usar.

— Claro que estou com raiva. Estou muito irritada! Ainda estou, mesmo agora.

— É por isso que a gente tem que ir lá. Precisamos resolver esse mal-estar. Caso contrário, você ficará atormentada pelo fantasma do passado para sempre.

— Você está interferindo, vai ficar parecendo que eu sou uma criança que precisa da ajuda dos pais para resolver seus problemas. Eu vou morrer de vergonha! — eu disse, já quase chorando.

— Não tem nada de que se envergonhar! — berrou ele, tão alto que o som não parecia saído de seu frágil corpo.

O seu grito ecoou pelo quarto.

— Não tem nada de que se envergonhar! Você é a minha sobrinha querida! Eu não te disse? Eu te amo muito e eu não perdoo esse cara. Eu sou assim. É o meu ego. Eu não perdoo esse cara!

— Você está caindo em contradição. Você vai fazer isso por mim ou pelo seu ego, afinal?

— É por você e pelo meu ego. Tenho que ir lá tirar satisfação. Você não precisa ir se não quiser. Me dá o endereço desse pilantra. Vou encher ele de porrada.

Como assim, "porrada"? A conversa certamente tinha tomado um rumo imprevisível.

— Você não vai fazer isso coisa nenhuma. Quer ir preso? O Hideaki jogava rúgbi no ensino médio e na universidade, sabia? Franzino como você é não seria capaz de acertar nem um golpe nele, acabaria apanhando.

— Eu... não tenho medo desse valentão! — disse ele, um pouco hesitante.

— Tá, não precisa tudo isso. Vamos beber mais um pouco. — achei que devia de alguma forma desanuviar a situação. — Não se preocupe, tio.

Ele se virou para mim e disse com uma seriedade assustadora:

— Não fuja da situação. Eu vou com você. Não tenha medo.

Ele olhou para mim cheio de determinação, e nós ficamos encarando um ao outro em silêncio por vários segundos.

Sim, não dava mais para fugir. Se eu fugisse, nada ia mudar. Isso é algo que eu já deveria saber.

Apertei os lábios com força.

— Tá bom. Então, vamos lá.

Ele concordou energicamente com a cabeça.

§

O táxi levou quarenta minutos para chegar em frente ao edifício onde Hideaki morava. A chuva estava ficando cada vez mais intensa. Sem guarda-chuva, corremos até a entrada.

— É aqui? — perguntou meu tio, parado diante da porta do 204.

— Acho que sim — confirmei, incerta, tentando me lembrar.

Pensando bem, percebi que só tinha visitado o apartamento dele duas vezes durante todo o tempo que estivemos juntos. Sempre nos encontrávamos na minha casa. Agora, vendo o quanto isso era estranho me fez questionar como não percebi que havia algo errado ali.

Meu tio tocou a campainha sem hesitar, o cabelo pingando da chuva. Meu corpo tremia devido ao frio e ao nervosismo.

Tive até náuseas. Minha determinação anterior começou a minguar rapidamente diante da porta do apartamento dele. "Se ao menos eu pudesse simplesmente fingir que nada aconteceu e ir embora!", pensei, com os olhos fixos na porta de ferro.

No entanto, era tarde demais. Do outro lado da porta, pude ouvir barulhos e, com um clique, a porta se abriu um pouco, só uma fresta. Uma voz conhecida perguntou, baixinho:

— Quem é?

Meu tio imediatamente empurrou a porta com força, escancarando-a.

Hideaki estava com uma expressão de surpresa e a boca ligeiramente aberta. Devia estar dormindo quando batemos à porta, pois estava descabelado e havia marcas de travesseiro em seu rosto. No entanto, as costas bem-definidas e os olhos alongados eram exatamente como eu me lembrava da época em que sempre o via. Claro que eram! Não fazia tanto tempo assim desde que o vira da última vez. Senti uma dor latente no peito.

Hideaki ficou de olhos arregalados, olhando alternadamente para nós dois, e depois perguntou ao meu tio:

— Quem é você?

— Eu sou o tio da Takako.

— Como é que é?

— Eu sou o tio dela. A mãe dela é minha irmã.

— Isso eu entendi. Quero saber por que está aqui.

— Você sabe muito bem por quê. Ou você acha que viemos lhe vender uma assinatura de jornal?

— Não, não é isso... Eu só queria saber qual é o motivo da visita — disse Hideaki, que começava a se irritar.

Eu estava cada vez mais ansiosa, observando a interação entre os dois. Meu tio estava muito agressivo.

— A razão de estarmos aqui é porque você fez coisas terríveis com ela. Você não tem ideia do que estamos falando?

— Coisas terríveis?

A voz de Hideaki subiu um tom, mas meu tio não pareceu intimidado.

— Você a usou o quanto queria, a ponto de fazer com que ela pedisse para sair do emprego... Você não tem sentimentos? Não se sente culpado por machucar os outros assim?

— Quem foi que lhe disse que eu fiz isso? Essa daí?

— Sim, foi ela que disse.

— Mas você é muito burro. O que você é dela, mesmo? Tio? E você acreditou em tudo o que ela disse? É tudo mentira. Foi ela quem veio atrás de mim. Ela é que me importunava.

— Ela não ganha nada mentindo. Já perdeu o emprego, está sofrendo até hoje.

— Ela saiu do emprego porque quis.

Ao ouvir isso, meu tio soltou um suspiro profundo.

— Não tem jeito, Takako-chan. Vamos desistir. Esse cara está podre por dentro.

— Cuidado com o que diz, seu idiota.

Hideaki avançou na direção do meu tio. Entre meu tio, que era pequeno, e Hideaki havia uma diferença de quase vinte centímetros de altura. Meu tio inclinou o rosto para trás e olhou firme para Hideaki, mas não tinha a mesma presença imponente.

— Vai encarar? — incitou Hideaki.

Foi então que apareceu, de pijama, Murano, a noiva de Hideaki.

A situação estava indo de mal a pior. Eu estava lá, me sentindo envergonhada e desconfortável, sem saber o que fazer.

— Takako-san? — disse ela, franzindo a testa. — O que está acontecendo? Você está toda encharcada!

— Apareceu aqui, do nada! — exclamou Hideaki. — Ficou louca, Takako? Onde você estava com a cabeça, trazendo esse velho aqui no meio da noite?

— Diga a ele, Takako-chan.

— É que...

Levantei o rosto, constrangida, e percebi que todos estavam olhando fixamente para mim.

Mas o que é que eu fui fazer para a coisa chegar a esse ponto?

Sob o olhar penetrante dos três, eu queria virar fumaça e desaparecer. Todos esperavam em silêncio que eu dissesse algo. Eu revirei minha mente, tentando encontrar palavras que pudessem aliviar o mal-estar geral.

Pensei em dizer que decidira bater porque estava passando por ali. Porque queria devolver os livros dele que estavam comigo. E também porque queria dar-lhe os parabéns pelo casamento... Não, não era isso que eu queria dizer. O que eu fora fazer ali?

Eu fora para esclarecer as coisas, certo?

Se eu continuasse com medo de falar, nada se resolveria.

"Prepare-se", eu disse a mim mesma com firmeza.

— É que...

Todos os olhares se concentraram em minha boca. Respirei fundo. Meu tio observava, encorajando-me. As lágrimas estavam prestes a sair. Ao mesmo tempo, as emoções que haviam se acumulado profundamente dentro de mim por tanto tempo começaram a transbordar. E então, sem mais pensar, as palavras jorraram como um rio da minha boca:

— Eu vim aqui porque quero que você peça desculpas para mim! Você pode ter pensado que o que houve entre a gente era apenas uma brincadeira, mas eu, não! Eu não pensava assim! Eu estava realmente apaixonada por você. Eu sou uma pessoa, um ser humano, eu tenho sentimentos. Para você, eu talvez seja apenas uma mulher fácil de passar pra trás, mas eu penso! Eu respiro! Eu choro quando estou triste! Você sabe o quanto me machucou? Eu... eu...

Depois disso, não houve mais palavras. Eu estava encharcada de chuva e de lágrimas e com o nariz escorrendo. Mas, após seis meses, finalmente conseguira dizer o que queria dizer naquela noite no restaurante.

— Falou muito bem, Takako-chan — disse meu tio, e me puxou para mais perto. — Então, o que você vai fazer? Ela expressou seus sentimentos, foi sincera com você. Responda direito para ela.

Hideaki tinha ficado em silêncio por um longo tempo, olhando para baixo, mas por fim murmurou baixinho:

— Mas que palhaçada. Eu não tenho tempo a perder com imbecis como vocês. Eu vou dormir. Se vocês não querem que eu chame a polícia, é melhor dar o fora.

Disse isso e fechou a porta com um leve movimento. O som do trinco sendo travado do lado de dentro ecoou, e o corredor ficou em silêncio.

— Espera aí, seu covarde!

Meu tio avançou ferozmente em direção à porta, batendo nela com os punhos. Desesperada, tentei segurá-lo.

— Já deu, tio.

— Mas que "deu" coisa nenhuma!

— Deu, sim. De verdade. Já estou melhor. Estou ótima, como nunca antes na vida. Talvez essa tenha sido a primeira vez que eu fui tão clara sobre meus sentimentos com alguém.

Com o rosto coberto de lágrimas, eu sorri para o meu tio.

— Se você diz... — meu tio murmurou, um pouco relutante. — Você tem certeza de que está tudo bem?

— Sim. Vamos embora? Senão, a gente vai pegar uma pneumonia.

— Vamos.

— Vamos.

Dei "tchau" para a porta e então partimos.

§

No táxi de volta, mal conversamos. Meu tio parecia esgotado, afundado no banco de trás, enquanto eu, ao lado dele, finalmente relaxei após liberar toda a tensão, imersa em meus pensamentos solitários.

Não era só o Hideaki que estava errado. Isso eu sabia desde o começo. Metade era minha culpa. A minha hesitação e falta de determinação contribuíram para que as coisas chegassem a esse ponto.

No entanto, eu só queria expressar meus sentimentos. Não importava o que os outros pudessem pensar de mim. Por muito tempo, sofri por não ter conseguido fazer isso. Sabia que o Hideaki nunca admitiria a sua culpa, mas eu precisava dizer-lhe como me sentia. Caso contrário, eu não conseguiria seguir em frente. Eu ficaria estagnada para sempre. Se o meu tio não tivesse me dado esse empurrão, eu teria sufocado esses sentimentos para sempre.

Eu tentei expressar minha gratidão ao meu tio, mas não sabia exatamente o que dizer. A única palavra que veio à minha mente foi: "Obrigada." E foi o que eu disse a ele.

— Não tem de quê. — disse meu tio com um sorriso, aproximando-se de mim.

Nesse momento, enquanto sentia o calor reconfortante do meu tio, uma sensação de alívio profundo tomou conta de mim. Eu tinha alguém cuidando de mim. Sim, havia alguém que se preocupava comigo, alguém disposto a me defender.

Até pouco tempo atrás, eu me sentia sozinha neste vasto mundo, mas agora percebia que havia alguém tão próximo de mim, alguém que me protegia e se importava. Essa descoberta me enchia de alegria.

Nosso táxi percorreu silenciosamente a cidade, e as luzes de neon pareciam borradas sob a chuva.

8

Pouco tempo depois, decidi me mudar da livraria.

O episódio daquela noite chuvosa, de alguma forma, impulsionou minha vida. Era como se todas as minhas preocupações tivessem desaparecido. Sentia-me muito mais leve, e finalmente acreditei que poderia seguir em frente.

— Encontrei um quarto para alugar a partir de março. É bem longe da loja, mas não tenho escolha. Ainda não sei como vão ficar as coisas, mas consegui um emprego de meio período em um pequeno escritório de publicidade por indicação de colegas do meu antigo emprego.

Meu tio ficou muito surpreso:

— Você não precisa tomar uma decisão assim às pressas... — exclamou, agitado.

No entanto, eu já tinha uma decisão clara:

— Já desfrutei de uma longa pausa da vida adulta. Se não começar a procurar o meu lugar em breve, acabarei sem ter conquistado nada.

Para isso, meu tio não teve resposta.

Nos últimos meses antes de me mudar para a casa nova, aproveitei ao máximo os dias na livraria Morisaki. Dediquei-me ao trabalho e, nos momentos livres, li muitos livros. Em agradecimento, também fiz uma grande faxina na loja e no quarto do andar de cima. Os livros que havia empilhado desordenadamente no cômodo vazio, voltei a arrumar com carinho e ordem.

Também comuniquei os clientes habituais e ao pessoal que trabalhava na *kissaten* da minha partida. Todos lamentaram muito minha saída. Emocionei-me bastante ao compreender o quanto fui amada. O senhor Sabu me disse:

— Você é a nora que eu sempre quis ter.

Acho que ele chegou mesmo a pensar em me apresentar ao filho dele...

Takano e Tomo até organizaram uma pequena festa de despedida para mim. Fizemos um *nabe* no meu quarto que se estendeu até altas horas. Tomo estava muito triste por perder uma companheira de leitura:

— Vamos todos juntos à feira do ano que vem, combinado?

Takano confiou-me que conseguira finalmente convidar Tomo para assistir a um filme em Shibuya, um dos bairros do centro de Tóquio, com muitos restaurantes, cinemas e teatros. Eles ainda estavam longe de ser um casal, mas já era um progresso significativo. Fiquei tão feliz que, sem pensar, dei um tapinha nas costas magras dele e disse:

— Muito bem!

Depois disso, recebi um contato inesperado de Murano, a noiva de Hideaki, e nos encontramos em uma *kissaten* para conversar. O que mais me preocupava em relação àquela noite era que eu tinha causado um grande transtorno para ela também. Por isso, fui me encontrar com ela com a intenção de me desculpar. No entanto, assim que me viu, ela inclinou profundamente a cabeça em minha direção, indicando um pedido de desculpas.

Ela me contou que já desconfiava de Hideaki e que, diante do meu comportamento incomum naquela noite, ela o confrontou até finalmente fazê-lo confessar. No entanto, até aquela noite, ela nunca imaginara que a pessoa com quem ele estava envolvido fosse eu.

Ela continuou pedindo desculpas sem parar, e mesmo quando eu dizia que eu também tinha culpa no ocorrido, ela balançava a cabeça. Disse-me ainda que chegou a cancelar o casamento. Cada vez que eu tentava pedir desculpas, ela dizia:

— Não é culpa sua, Takako-san.

Ainda assim, me sentia culpada. No entanto, quando relatei a situação ao meu tio mais tarde, ele disse:

— Ela tem razão. É melhor saber agora do que esperar para descobrir os podres dele depois de casada.

Era uma opinião típica do meu tio, que via Hideaki como um inimigo, por isso era normal que pensasse assim. Mas percebi que o que ele dizia tinha lógica e eu me senti um pouco aliviada.

§

Na última noite que passei na loja, meu tio e eu tomamos café juntos na varanda do segundo andar enquanto observávamos o céu noturno de inverno.

Meu tio me presenteou com uma grande quantidade de livros. Eram livros que o impressionaram quando jovem. Quando olhei dentro da sacola pesada, encontrei muitas obras de autores renomados, como Fukunaga Takehiko e Ozaki Kazuo.

Foi uma última noite bem especial. Tenho certeza de que nunca esquecerei as palavras do meu tio naquela ocasião.

— Há uma promessa que quero que você faça. Não tenha medo de amar as pessoas. Eu quero que você ame muitas pessoas sempre que puder. Mesmo que isso possa levar à tristeza, não deixe de amar as pessoas. Estar sozinha, sem amar ninguém, é muito triste. Não quero que, por causa do que aconteceu daquela vez, você fique com medo de amar as pessoas. Amar é maravilhoso, por favor, não se esqueça disso. As memórias de amar alguém nunca desaparecem completamente do coração. Elas continuam aquecendo os corações das pessoas para sempre. Quando você envelhecer, entenderá, como eu. Então, promete?

— Prometo, tio. Acho que de certa forma eu já tinha aprendido isso, depois que vim morar aqui. Não precisa se preocupar.

— Ah, é? Então, aonde quer que vá, tenho certeza de que ficará bem.

— Sim. Obrigada, tio.

§

Na manhã da partida, parei na frente da livraria sob o sol da manhã e fiquei contemplando a sua fachada. Era um pequeno e antigo prédio de madeira. Parecia incrível pensar que eu havia morado ali.

Minha respiração condensada era visível no ar gelado. Fiquei ali parada por um tempo. A rua estava envolta na suave luz da manhã. Nenhuma loja abrira ainda, e o ambiente se preenchia com uma calma indescritível.

Endireitei minha postura e fiz uma profunda reverência em direção à livraria. Prometi a mim mesma que nunca esqueceria o que a vida naquele lugar me proporcionara.

Agradeci ao meu tio por ter vindo se despedir àquela hora da manhã. A presença dele havia se tornado muito importante para mim. Quando chegara ali pela primeira vez, nunca poderia ter imaginado algo assim. É engraçado como as coisas mudam.

Na despedida, meu tio, que na noite anterior fora mais seco, à moda tradicional dos homens japoneses, chorou como uma criança.

— Eu não quero que você vá, Takako-chan — disse ele aos soluços.

Segurou minha mão com firmeza e não queria soltá-la.

— Você pode voltar para me visitar sempre que quiser — acrescentou.

Nossas posições estavam de certa forma invertidas. Tentei consolar meu tio:

— Você se cuide, hein? E continue cuidando bem da livraria.

Se eu tivesse ficado lá por mais um segundo, minha determinação teria enfraquecido. Por isso, rapidamente me despedi do meu tio, que estava tentando me segurar, e comecei a caminhar pela rua.

Eu avancei sem olhar para trás até o final da avenida Sakura. Enquanto caminhava, as lembranças inundavam meu coração, e as lágrimas surgiam naturalmente. No entanto, consegui me segurar e continuei andando.

De repente, tive a sensação de não estar só, e parei. Com cuidado, olhei para trás.

Vi meu tio, parado bem no meio da rua, acenando vigorosamente na minha direção. Não consegui mais me conter. As lágrimas começaram a fluir sem parar.

Ainda chorando, acenei de volta. Meu tio respondeu ao meu aceno com um gesto ainda mais amplo. O sol da manhã brilhava atrás dele.

Eu gritei "Fique bem!", e ele acenou mais uma vez. Então, continuei a caminhar rapidamente pela movimentada avenida Yasukuni, agora cheia de gente.

As pessoas que passavam na rua devem ter pensado que eu era louca, caminhando a passo rápido enquanto soluçava. Mas eu não estava nem um pouco preocupada com isso. Afinal, eu estava chorando porque queria chorar, e essas lágrimas eram as mais felizes que já derramei.

No ar fresco e nítido da manhã que pairava sobre a avenida, pressentia-se sutilmente a chegada da primavera.

Eu continuei a avançar, decidida, sempre em frente.

A VOLTA DE MOMOKO

9

— Menina, há quanto tempo! Me sinto o Urashima Tarô!

Era Momoko, a esposa do tio Satoru, que me esperava à frente da livraria. Assim que me viu, riu alto e me chamou. A sua voz ecoou na rua cheia de livrarias. Ela parecia tão contente, que eu fiquei meio sem ação.

Então, era verdade. Ela voltara. Agora, ali na minha frente, a sua presença confirmava o que eu ouvira. Eu já sabia do seu retorno, mas isso fora uma informação que, até aquele momento, eu não havia acreditado ser verdadeira. Fora até então como a sensação que se tem quando alguém lhe conta que viu um fantasma.

E, no entanto, ali estava ela, a tia Momoko. E ela estava incrivelmente radiante. O que é isso, essa luminosidade? Será esse o comportamento de alguém que estava desaparecido por cinco anos e voltou de repente? A seu lado, o tio Satoru tinha a expressão de um cachorro que comeu algo estragado. As posições pareciam invertidas. Ela voltou-se para mim, que ainda não tinha dito uma única palavra, e falou com um tom aborrecido:

— Isso é cara que se faça, menina? Parece que viu um fantasma. Mas que falta de educação!

Pensei em retrucar que um fantasma não teria me espantado tanto, mas me limitei a dizer:

— Momoko-san, que bom vê-la! Você está tão bonita!

Não nos encontrávamos havia mais de dez anos.

A tia Momoko era muito bonita quando jovem. Não uma beleza extraordinária, mas havia algo que de alguma forma atraía os olhares. Era como encontrar uma pedra na praia que não era necessariamente valiosa, mas brilhava e reluzia de uma maneira única. Era baixinha, mas, em reuniões familiares, em que ela costumava sentar-se discretamente em um canto na postura formal, ela sempre me causou uma forte impressão. Para a criança que eu era, ela parecia de alguma forma enigmática.

Mesmo com o passar dos anos, continuava bonita. Usava roupas simples: um blusão marrom claro e jeans azul. Estava quase sem maquiagem. No entanto, as expressões que mudavam com frequência, sua postura ereta e a forma como falava alto e forte a faziam parecer jovem. Parecia mais uma transformação do que um envelhecimento, como se ela tivesse se livrado do que era supérfluo.

De qualquer forma, ela estava cheia de energia, e não parecia em nada alguém que havia fugido e voltado de repente. O tio Satoru, por sua vez, descabelado como sempre, estava curvado e suas roupas estavam desalinhadas, o que envelhecia a sua aparência.

— Nossa, como você cresceu! — disse ela, apertando os olhos como que ofuscada. — No enterro do meu sogro você ainda estava no ensino médio! Ah, parece que foi ontem...

E foi assim que, numa tarde clara de outono, nos reunimos em frente à livraria Morisaki: eu, o tio Satoru e a tia Momoko.

10

— Ela voltou.

Dois dias antes, eu recebera uma ligação do tio Satoru, cuja empolgação estava nítida ao ouvir sua voz. Já havia se passado um ano e meio desde que eu fora morar sozinha.

Após encerrar minhas longas férias na livraria, comecei a trabalhar em um pequeno escritório de publicidade. Três meses depois, já tinha sido promovida de meio período para funcionária em tempo integral, e andava bem ocupada. Por isso, fazia dois meses que não ia à livraria. Quando recebi a ligação do tio Satoru, inicialmente pensei que fosse apenas um convite para visitá-lo. No entanto, ao ouvir o seu entusiasmo, percebi que não se tratava de um assunto corriqueiro.

Pelo telefone, o tio Satoru contou o ocorrido com uma riqueza exasperante de detalhes. Resumindo as duas horas de conversa, a história era a seguinte: um dia, como de costume, ele estava na livraria, trabalhando. Tinha sido um dia lucrativo, com a venda de edições raras de livros de Mori Ôgai e de Oda Sakunosuke, e ele estava de bom humor. Enquanto assobiava e conferia o rendimento do dia, a porta da frente se abriu sem ruído e alguém entrou.

"Um cliente a essa hora?", pensou ele, mas continuou de costas para a porta, concentrado no fechamento do caixa. O cliente, no entanto, sem entrar completamente, permaneceu imóvel no limiar da porta, como se estivesse segurando a respiração. Desconfiado, o tio Satoru quase se virou para olhar para trás quando o cliente murmurou algo baixinho. Ao ouvir aquela voz, o tio Satoru sentiu um choque "como se tivesse sido golpeado dez mil vezes na cabeça".

Pensou que talvez tivesse ouvido errado. Mas, ao mesmo tempo, sabia que não era engano. Ouvir aquela voz "errado" seria tão impossível quanto cem clientes aparecerem na livraria Morisaki de uma vez só.

Ainda paralisado e incapaz de se mover, ouviu-a dizer de forma um pouco mais clara:

— Satoru...

Ele respirou fundo e conseguiu reunir coragem para se virar e olhar de frente para a dona da voz.

O cenário familiar do interior da livraria pareceu se afastar rapidamente, e no centro do campo de visão estava a figura que capturou o olhar do tio Satoru. Lá estava sua esposa, que havia desaparecido de sua vida por cinco anos e que continuava desaparecida até apenas um minuto atrás. Ele não conseguia desviar o olhar dela. Parecia um sonho, mas ele havia tido centenas de sonhos semelhantes antes. No entanto, este transmitia uma sensação de realidade tão intensa que era diferente de qualquer outro que tivera até então. A aparência dela era idêntica à que tinha quando partiu. Momoko estava lá, inegavelmente presente.

Depois de um longo silêncio, ela esboçou um sorriso e disse:

— Estou em casa.

Parecia tão à vontade como se tivesse acabado de voltar de um breve passeio. Só tinha uma pequena bolsa nas mãos. Não trouxera bagagem.

Ele olhou para ela por um bom tempo, e no fim respondeu:

— Bem-vinda de volta.

E Momoko, sem mais dizer, subiu em silêncio para o andar de cima da livraria. Desde então, ela estava vivendo no quarto de cima.

— Como é que... só um pouquinho... ela *o quê*? — até então, eu tinha ouvido tudo em silêncio, mas a minha paciência tem limite. — Mas que palhaçada é essa de "Estou em casa", "Bem-vinda de volta"? "Vivendo no andar de cima"? Que história de assombração é essa?

Mas meu tio respondeu com toda seriedade:

— Mas, Takako-chan, foi assim mesmo que aconteceu.

— Se for verdade, então vocês dois estão agindo de forma estranha. Por que a tia Momoko voltou assim do nada? Por que você não está brabo? Como é que você aceita essa situação assim, calmo?

— De fato é estranho — disse ele, com uma voz distante. — Mas aconteceu naturalmente.

Eu estava tão perplexa que não consegui mais encontrar palavras. Embora o tio Satoru fosse alguém com um certo desapego pelo mundo, desta vez, tanto ele quanto a esposa pareciam estar completamente fora da realidade.

— Você não perguntou nada para a tia Momoko desde então? — indaguei, severa.

Ele respondeu baixinho:

— Sim, é que, sabe... é meio complicado de perguntar.

— O certo seria ela ir morar em Kunitachi com você. O certo seria ela se explicar.

— Ela não gosta da casa de Kunitachi... Fica menos estressada no andar de cima da livraria. Ai, Takako-chan, eu não entendo as mulheres... Por que será que ela inventou de voltar?

O tio Satoru soltou um suspiro do outro lado da linha. Eu respondi friamente:

— Eu sei lá. Quem devia saber é você, então você não é o marido dela?

Ele respondeu com um tom perturbado:

— Eu pensei que a conhecia melhor do que qualquer pessoa. Mas agora estou confuso e me sinto perdido. Você também é mulher, talvez entenda melhor...

— Eu e ela podemos ser do mesmo sexo, mas acho que somos pessoas diferentes.

Depois que eu disse isso, ele ficou em silêncio por um tempo e então murmurou:

— Takako-chan... Será que ela vai embora de novo...?

Fiquei um pouco perturbada com a candura do tio Satoru. Lembrei-me daquela noite em que caminhamos juntos pela rua, em que ele me falou sobre a tia Momoko. Lembrei-me de sua aparência solitária e triste naquela ocasião. Sim, esse homem ainda amava profundamente a mulher e ainda estava sofrendo por causa disso. Eu não queria ver a sua figura encurvada de tristeza novamente.

— Você não quer que a tia Momoko vá embora? — perguntei.

— Eu não sei. Antes, eu pensava que se ela estivesse vivendo feliz em algum lugar, isso bastaria para mim, mas agora que ela voltou, meus sentimentos mudaram. Mas também não posso deixar a Momoko ser infeliz... Ah, eu sou tão orgulhoso! — lamentou.

"Bom, esta conversa não está indo a lugar nenhum", pensei. Resignada, perguntei:

— Então, o que você quer de mim?

— Hã? Como você sabia que eu tinha um pedido?

— Eu sei quando você quer uma coisa. Morei com você por um bom tempo.

— Takako-chan, não há sobrinha tão maravilhosa como você neste mundo. Serei eternamente grato.

O pedido do tio era — como eu já suspeitava — para que eu descobrisse a verdadeira intenção da tia Momoko — por que ela voltara agora e o que ela planejava fazer. Cinco anos antes, Momoko havia deixado apenas um bilhete de duas frases ao partir: "Estou bem. Por favor, não me procure." Ela não tinha levado muitas coisas consigo. O tio Satoru não fora capaz de enxergar nenhum presságio de sua partida, nenhum aviso prévio. Ele tinha medo de novamente não ser capaz de entender os sinais. Quando ela partira, confuso em suas emoções, ele decidira atender o pedido do bilhete, e não procurou Momoko; depois de muito refletir, resolveu nem mesmo apresentar um pedido de busca à polícia.

— Como nós não tivemos filhos, ela gostava muito de você. Acho que para você pode ser que ela se abra. Posso te pedir esse favor?

"Ela gostava muito de mim"? Mas eu quase nunca falara com ela!

Era realmente uma situação estranha. Afinal, era um assunto entre marido e mulher, e eu era uma terceira pessoa que não estava diretamente envolvida. No entanto, ao ouvir a voz triste do meu tio, não consegui recusar. Afinal, ele era alguém que tinha sido fundamental na minha vida.

11

— Vamos entrar, né. Temos muito o que falar depois de todos esses anos.

Incentivados pelas palavras da Momoko, entramos. Era a primeira vez que eu punha os pés na loja em dois meses.

Como sempre, o lugar estava repleto de livros. Ao caminhar, o chão de madeira rangia sob nossos passos. A luz suave do fim de tarde entrava pelas janelas, fazendo com que o pó dançasse no ar. Eu respirei fundo, enchendo meus pulmões com o ar da loja.

Lembrei-me de quando, na minha primeira visita, eu fizera uma careta e dissera que a livraria tinha cheiro de mofo. Nessa ocasião, meu tio rira. Agora, era estranho como esse mesmo cheiro de mofo no ambiente cheio de livros usados me parecia encantador e irresistível.

Nós três nos reunimos ao redor do balcão e comemos os *taiyaki* que eu levara. Enquanto comíamos, dois clientes entraram na loja e, espantados ao nos verem ali reunidos como em uma convenção de camundongos, compraram seus livros e logo saíram. A tia Momoko lidou com os clientes de forma amigável, mostrando sua habilidade adquirida ao longo dos anos como esposa de um vendedor de livros usados.

Desde que entramos na loja, Momoko era a única que falava. Sua conversa era como um avião descontrolado, sem lógica ou continuidade aparente.

— Takako-chan, você já morou no andar de cima, né? Agora sou eu que estou morando lá. O ar-condicionado quase não funciona, então deve ser muito quente no verão. Ah, que delícia este *taiyaki*, com bastante *anko*! Onde você comprou? — falava sem parar, saltando de um assunto para outro. — Esta área também mudou muito nesses anos, não é? Abriram muitos restaurantes finos. Ih, acho que hoje em dia não se diz mais "fino", né? Coisa de tia velha.

Enquanto falava pelos cotovelos, por algum motivo ela de vez em quando dava beliscões nas bochechas do tio Satoru. Passado algum tempo, de tanto serem beliscadas, as bochechas dele já estavam bem vermelhas. A cena era tão desconfortável, que eu não me contive e perguntei:

— Por que você está a toda hora beliscando as bochechas do tio?

Momoko fez cara de surpresa:

— Eu estava beliscando as bochechas dele?

— Estava.

— Ah, é apenas um hábito antigo, sabe? Eu costumo beliscar as bochechas das pessoas. Apenas as bochechas das pessoas próximas. É uma forma de expressar afeto, eu acho. Mas você não acha que o rosto do Satoru fica bonitinho assim todo vermelho?

E, dito isso, ela apertou com as duas mãos as bochechas dele e em seguida ficou puxando com força para um lado e para o outro, como numa cruel brincadeira infantil.

O tio Satoru deu um grito de dor. No entanto, era um grito abafado, contido, como se ele já estivesse acostumado àquele ritual. Ao ver a reação dele, Momoko começou a rir, e depois de alguns instantes largou as bochechas dele. Fiquei pensando que ela talvez tivesse tendências sádicas.

— Que vergonha, ficar fazendo isso na frente da Takako-chan! — protestou o tio.

— Qual o problema? Ela é de casa, é nossa sobrinha — respondeu Momoko.

— Vou perder minha imagem de autoridade.

— Você? Autoridade? Mas você nunca teve autoridade... — retrucou ela prontamente.

"Será que se eu ficar mais íntima dela, ela vai inventar de me beliscar, também?", preocupei-me. Estava apavorada com a interação entre os dois.

Nisso, a conversa tomou novo rumo aleatório. Ela agarrou subitamente minhas mãos e olhou diretamente para mim, dizendo:

— Mas estou feliz por te ver. Às vezes, eu me perguntava o que minha adorável sobrinha estava fazendo. Porque você, Takako-chan, era uma colegial quieta e calma, parecia uma garota doce, você ficava tão bonitinha com aquelas tranças!

— Eu? Uma garota doce? Sério mesmo?

Fiquei atordoada. Naquela época, eu estava no auge da adolescência, constantemente à beira de uma explosão de raiva, sentindo-me sufocada, mas não conseguindo expressar ou lidar com isso internamente, apenas me contorcendo. E ela me achando doce e bonitinha! Se eu ficava quietinha em reuniões de família, era apenas para evitar chamar a atenção.

"As impressões que as pessoas têm umas das outras nem sempre são confiáveis", pensei vagamente enquanto observava Momoko olhando para mim com os olhos brilhantes. Eu também tinha muitas percepções sobre o meu tio que se mostraram equivocadas quando comecei a conviver mais com ele. No final das contas, a menos que você se dedique a alguém, mesmo que compartilhe do mesmo sangue, tenha passado anos na mesma turma do colégio ou no mesmo local de trabalho, na verdade, você não sabe quase nada sobre a maioria das pessoas. Eu também tinha me enganado em muitas coisas com relação a Hideaki.

— Você também é muito diferente da imagem que eu tinha de você — ironizei, em contra-ataque.

Momoko riu alto e não pareceu se importar nem um pouco.

— Eu sei! Nas reuniões de família eu ficava sempre bem comportadinha. A família de vocês era tão séria... Meu sogro, por exemplo, sempre tinha a mesma expressão no rosto, como se estivesse usando uma máscara. Eu e o Satoru nos casamos repentinamente, o que tornou os encontros familiares bastante desconfortáveis para nós. Parece que causávamos uma certa tensão no ambiente quando estávamos por perto. Então, tentávamos passar despercebidos nos cantos.

— Nossa, e com toda essa resistência da família, vocês insistiram no casamento?

— Naquela época, as pessoas não moravam juntas sem casar, né. Nós nos conhecemos em Paris, nos apaixonamos e, assim que voltamos para o Japão, registramos nosso casamento. Foi meio impulsivo, na verdade.

— Paris? — exclamei em choque. — Que história é essa de Paris?

— Você não sabia? Naquela época, por alguma razão, eu estava em Paris. E ele, bem, ele estava fazendo um mochilão pela Europa e, por acaso, nos encontramos em uma banca de livros usados em um mercado de pulgas. Com sua família administrando um sebo de livros, você não acha estranho ele querer ver livros usados até quando viaja? Ele estava vestindo roupas rasgadas e sujas e parecia um mendigo com barba por fazer.

— Era para não chamar a atenção dos batedores de carteira ou assaltantes — retrucou ele.

Mas a tia Momoko não pareceu ouvir.

— Mas, quando conversamos, achei que ele era uma pessoa interessante. Tinha um ar tristonho que me atraía. Então resolvi dar-lhe uma chance.

— Nossa, é mesmo?

Sem perceber, eu estava fascinada pela maneira como ela contava a história. Então, eles se encontraram durante o período em que o tio estava viajando pelo mundo tentando lidar com seus problemas. E em Paris, ainda por cima, que romântico! Mas o que eu mais queria saber é por que ela estava em Paris. Tentei perguntar sobre isso, mas ela habilmente desviou a questão, dizendo que era jovem na época. "Ela realmente é uma pessoa enigmática", pensei.

— De qualquer forma, a gente se conheceu assim, voltamos para o Japão e, para desgosto da família dele, nos casamos.

— Eu não tinha que dar satisfações para ninguém — interveio o tio Satoru.

— Não minta. Você tinha alguns problemas com o seu pai, não tinha? — disse Momoko.

O tio Satoru ficou completamente sem palavras e parecia desanimado. Ele não tinha a menor chance contra ela. Era a primeira vez que eu via o tio nessa situação e achei a cena tão engraçada que quase ri várias vezes.

No entanto, olhando de fora, eles pareciam um casal realmente unido. Era uma história estranha, mas a relação deles parecia até invejável para mim. Tinham um companheirismo não tanto de casal, pareciam mais "velhos amigos".

— Ah, tenho que ir trabalhar... — disse ele, para escapar da conversa.

A tia Momoko me carregou para o andar de cima. Então, como se estivéssemos prestes a compartilhar um segredo, ela se aproximou de mim.

— Takako, de agora em diante vamos ser amigas, certo?

Ela pegou minha mão e olhou nos meus olhos. Era uma mão pequena, como a de uma criança. Sem saber o que dizer, dei um grunhido em resposta.

— Não é justo que só o Satoru seja seu amigo. Eu também quero ser amiga da Takako. Então, está combinado?

Grunhi de novo, assenti com a cabeça e pensei: "Isso não vai dar certo."

12

Só consegui me desvencilhar de Momoko quando o sol já tinha se posto. Despedi-me meio que à força e por fim consegui deixar a livraria.

Enquanto me dirigia à estação, andei despreocupada pelas ruas estreitas. A noite estava quase fria. Sob a luz dos postes, minha sombra se alongava pela rua. Cheguei à frente da *kissaten* Subôru e meus pés pararam quase automaticamente. Na noite escura, a luz laranja da cafeteria brilhava, e só de olhar para ela, eu sentia um desejo instantâneo de tomar um café, como um cão de Pavlov ao ouvir uma campainha. Olhei para o relógio e vi que passava um pouco das oito. Fui atraída como um ímã e entrei.

O interior da loja estava animado como de costume, ainda que já fosse tarde. As conversas dos clientes, misturadas ao suave som de piano, alcançavam-me onde eu estava na entrada, criando uma atmosfera aconchegante.

Avistei uma figura familiar no balcão. Aquele homenzinho rechonchudo e careca só podia ser o senhor Sabu. Ele estava conversando com o dono da *kissaten*. Quando percebeu minha presença, acenou animadamente.

— Oi, Takako-san! Quanto tempo!

O dono me recebeu com o seu mesmo sorriso de sempre. Retribuí sorrindo também, mas ainda assim o senhor Sabu achou de me provocar:

— Mocinha, você precisa sorrir um pouco mais, ser mais simpática. É por isso que não arruma namorado...

Respondi dizendo que dispensava os conselhos dele e ele riu como se fosse engraçado.

— Mas você chegou na hora certa. Estávamos falando de um assunto que talvez você possa esclarecer... É verdade que a Momoko-san voltou? — perguntou o senhor Sabu, muito curioso. — Mas o Satoru-san, também, né. Nem para me contar!

— Senhor Sabu, não seja tão bisbilhoteiro! — repreendeu o dono da *kissaten*.

— Mas o que é que tem? E não foi você mesmo quem me contou que ela voltou? — respondeu o senhor Sabu, fingindo estar de mau humor.

O senhor Sabu, diga-se de passagem, não fica nada atraente fazendo beicinho.

Eu costumava ir à *kissaten* para ver a Tomo, mas, depois que terminou a pós-graduação e conseguiu um emprego, ela já não trabalhava mais lá. Aparentemente ela ainda mantinha uma "amizade" especial com o Takano.

Enquanto o senhor Sabu continuava a resmungar, o dono da cafeteria gentilmente colocou uma xícara de café na minha frente.

— A Momoko apareceu aqui ontem à noite, assim do nada... — disse ele, com voz constrangida e olhos curiosos.

— Ah, então vocês já conheciam a Momoko-san? — perguntei.

— Claro. Já faz muito tempo que eu frequento este canto do mundo — disse o senhor Sabu, com ares de superioridade.

Nesse meio-tempo, Takano saiu da cozinha e se juntou à conversa, com um pano em uma das mãos e um prato na outra.

— Nossa, o senhor Morisaki é casado? Nunca teria imaginado...

— Ah, você não tinha como saber, né. E ele tem mais jeito de viúvo. Quando mais jovem, era bem namorador. Você se lembra? — disse o senhor Sabu, dirigindo-se ao dono da cafeteria.

— Ele teve essa fase. Mas você precisava ver a Momoko. Continua bonita! Disse que estava muito feliz de poder saborear de novo o meu café.

— Mas você é muito tonto mesmo. Basta um elogio e já se derrete todo! Eu acho que é muito fácil a pessoa desaparecer por tantos anos e um belo dia ela volta e fica tudo bem. Ele devia ter mandado ela embora. Ah, se fosse comigo!

Enquanto falava, o senhor Sabu ia ficando cada vez mais animado e seu rosto ia enrubescendo como um tomate.

— Não exagera. Duvido que fosse cantar de galo! Toda vez que sua mulher resolve jogar seus livros fora você vai atrás dela de joelhos...

Eu e Takano rimos da tirada do dono da cafeteria.

— Cala a boca, não te perguntei nada. E vocês estão rindo do quê? Rapazinho, você não tem que trabalhar, não? — disse o senhor Sabu, jogando uma toalhinha molhada no rosto do pobre Takano.

— Desculpe, desculpe! — respondemos.

Takano escapou para a cozinha. O dono da *kissaten*, incrédulo, disse:

— Eu não vou admitir que você faça bullying com meus funcionários, hein?

— Ué, você não estava fazendo a mesma coisa?

— Aquilo, sim, é que é amor — mudou de assunto o dono, com uma cara séria. — Já o que você sente pela sua mulher é medo.

— Mas você é um sujeitinho desprezível mesmo. Você me tira do sério! Agora é mesmo que eu vou lá dizer umas verdades àquela mulher. Se depender daquele songamonga do Satoru, ela vai deitar e rolar.

— Você não deveria se intrometer nos assuntos dos outros — repreendeu o dono da cafeteria, assustado com a situação que ele mesmo atiçara.

"Mas que bando de gente louca", pensei, enquanto sorria.

— Não faça essa cara de deboche, mocinha, é muito feio — disse o senhor Sabu.

Naquele mesmo dia, aconteceu mais um evento digno de nota na *kissaten* Subôru.

Às nove, o senhor Sabu parou de fazer escândalo e foi para casa (provavelmente para evitar uma bronca de sua esposa). Eu decidi me mudar do balcão para uma mesa.

Àquela hora, só havia uns poucos clientes, dispersos pelo salão. Depois de me sentar à mesa e pedir mais café, peguei o livro de bolso que estava lendo. No entanto, naquele momento, algo me chamou a atenção. Percebi alguém sentado perto da janela.

Era um homem magro de 25 anos ou mais. Vestia uma camisa azul-clara com calças cinza e tinha um corte de cabelo curto e bem penteado. Sua aparência não era chamativa, mas transmitia uma sensação de tranquilidade e parecia ser afável. Tinha um livro de bolso aberto virado para baixo sobre a mesa e parecia estar esperando alguém, enquanto olhava distraidamente pela janela.

"Eu conheço esse cara... quem é mesmo?", pensei, e nesse instante ele percebeu que estava sendo observado e se virou para mim.

Quando nossos olhares se encontraram, ele pareceu surpreso. Olhou para o livro em sua mesa e em seguida olhou para o livro que eu tinha em mãos, como se os comparasse; no momento seguinte, pareceu compreender algo e me cumprimentou.

— *Konban'wa* — cumprimentou, com uma voz tranquila.

Foi sua voz que me permitiu reconhecê-lo.

Era um cliente que eu havia atendido algumas vezes na Morisaki. A loja atraía principalmente clientes regulares com personalidades marcantes, como o senhor Sabu, então era mais difícil lembrar de pessoas com uma presença mais discreta, como aquele rapaz. Foi por isso que não o reconheci imediatamente. Senti um pouco de constrangimento por ter olhado para ele fixamente e rapidamente respondi:

— Boa noite. Há quanto tempo!

Fiz uma leve reverência. Ele sorriu e disse:

— Não precisa se preocupar com formalidades.

Era um sorriso agradável e reconfortante.

Nesse momento, uma atendente se aproximou de nossas mesas com meu café em uma bandeja. Ela ficou parada entre a minha mesa e a do homem, parecendo um pouco indecisa sobre o que fazer em seguida. Sua incerteza me fez ficar um pouco ansiosa também.

Observando a situação, ele fez um convite tímido:

— Se quiser, pode se sentar aqui.

Eu hesitei e perguntei:

— Você não está esperando alguém?

Ele respondeu:

— Não, ninguém em particular.

Ao ouvir isso, a garçonete recuperou sua confiança e sorriu, dizendo:

— Aqui está o seu café — e depositou a xícara na mesa dele.

Não tive escolha senão me mudar para a cadeira em frente à dele.

Quando acontecem coisas desse tipo, eu acabo sempre agindo sem pensar. Dei-me conta, tarde demais, que ele só tinha feito o convite para ser educado. Comecei a me sentir mal, como se estivesse interferindo no tempo que ele estava planejando passar sozinho. Isso me deixou ainda mais constrangida.

A garçonete se inclinou, disse "Bom proveito!" e logo se afastou. Agora nos encontrávamos sentados frente a frente.

Silêncio.

A situação estava um tanto desconfortável. Enquanto eu ainda estava pensando em algo para dizer, ele de repente soltou uma risada baixa, dizendo:

— Desculpe, mas parece que estamos em um daqueles encontros arranjados entre pessoas que não se conhecem...

Ao ver o sorriso dele, acabei rindo também, sem graça.

Ele deu uma tossidinha e continuou:

— Permita-me que me apresente. Eu sou Wada Akira, trabalho em uma editora perto daqui, que produz materiais e livros didáticos.

Depois que eu me apresentei, ele disse:

— Ah, sim, Takako-chan... Takako-chan, Takako-chan! O dono daquela loja estava sempre gritando o seu nome!

Senti meu rosto enrubescer e disse:

— É o meu tio.

— Seu tio? Nossa, deve ser muito bom ter parentes livreiros — seu comentário parecia sincero. — E você não trabalha mais lá?

— Não... Eu tive uns problemas e ele me deixou morar lá por um tempo. Eu estava... como dizer... recarregando as baterias.

— "Recarregando"? Naquele sebo?

— Pois é...

— Deve ser muito bom poder recarregar as baterias. Ainda mais num lugar legal como um sebo de livros. Me deu uma invejinha — e, abaixando a voz: — Eu nunca sairia de lá continuaria recarregando para sempre.

A ideia de viver em uma livraria acendeu uma chama em seus olhos. Não imaginava que ele fosse uma pessoa com esse tipo de paixão.

— E como está sua namorada? — perguntei, de repente.

A maioria das vezes, ele vinha à livraria sozinho, mas às vezes trazia junto uma moça alta e magra. Como ele era alto também, formavam um belo casal.

Ela parecia não ter muito interesse em ler, pois ficava parada com cara de tédio, enquanto Wada examinava os livros. Chegava uma hora em que ela não aguentava mais e perguntava:

"Vai demorar muito ainda?"

"Só mais um pouquinho", ele se desculpava.

O senhor Sabu teria dito que "não há insensatez que se compare à de levar uma namorada a um sebo de livros", ou outra rabugice semelhante, mas a verdade é que só de olhar, dava para sentir a intimidade entre eles, o que me fazia sorrir.

Quando perguntei sobre ela, Wada de repente baixou o tom de voz e disse:

— Verdade, às vezes ela ia comigo nos sebos... Mas parece que não estamos mais namorando.

Rapidamente me desculpei. Fiquei com tanta vergonha que pensei em me prostrar diante dele por tamanha gafe. Ele tentou amenizar a situação, dizendo para eu não me preocupar, mas seu olhar estava distante.

Era a primeira vez que nos falávamos e eu já fui de cara pisando em terreno minado. Estava quebrando a cabeça tentando encontrar outro assunto, quando meus olhos se fixaram sobre o livro que estava sobre a mesa.

— Que livro você está lendo?

— *Sobre a colina*. Acho que comprei no balaio de cem ienes da Morisaki...

Wada pegou o livro da mesa para me mostrar. Ficamos aliviados por afastar o assunto anterior.

— Não conheço. É bom?

— Depende do que você entende por bom... É uma história de amor trágico. O autor só escreveu este romance e morreu sem ficar famoso. O texto é meio cru... parece que está faltando alguma coisa... Mas tem algo nele que me atrai, então já li cinco vezes.

Ele olhou para a capa do livro, uma reprodução de uma pintura a óleo de um caminho em uma colina. Havia uma ternura em seu olhar, como se o livro fosse para ele algo muito querido. Isso me fez querer ler o livro também.

— Nossa, cinco vezes? Será que eu amaria assim?

— Pois é... não recomendo. E você, o que está lendo?

Mostrei o livro de bolso que eu trouxera. Os olhos dele brilharam:

— Inagaki Taruho! Que maravilha!

Eu ri e disse:

— Eu trabalhava em uma livraria, mas, na verdade, não entendo muito de livros. Você entende muito mais. Sinto que mal entrei pela porta da frente do mundo da literatura.

Wada inclinou a cabeça e disse:

— Não acho que seja importante alguém ser conhecedor ou não. Na verdade, nem eu sou tão conhecedor. O mais importante é encontrar um livro que toque o coração.

— Pois é... Meu tio também costuma dizer isso.

Ele sorriu e disse:

— Você sempre estava lá atrás do balcão, tão concentrada na leitura. Eu ficava curioso para saber o que você estava lendo.

Eu me desculpei:

— Eu era uma atendente terrível.

— Não foi isso que eu quis dizer.

Wada me olhou como se estivesse tentando se lembrar de algo. Ele então disse:

— Você se encaixava perfeitamente no cenário daquela loja. Não dava vontade de mexer em nada, apenas de te observar em silêncio. Era como assistir ao momento em que uma crisálida se torna uma borboleta... Essa imagem realmente ficou gravada na minha mente. Por isso, quando vi você com um livro há pouco, imediatamente lembrei de quem você era. A pessoa daquela livraria.

Eu me senti bastante constrangida ao perceber que alguém que eu não conhecia me via daquela maneira. No entanto, naquela época, eu era de fato como uma crisálida, esperando pacientemente para me transformar em uma borboleta. Enquanto virava as páginas dos livros, eu estava esperando por uma oportunidade para voar. Então, talvez a percepção de Wada não estivesse completamente errada. No entanto, até hoje, ainda não sei muito bem se aprendi mesmo a alçar voo.

— Se eu nunca tivesse ido parar naquela loja, acho que teria continuado vagando sem rumo. Claro, os livros tiveram um papel importante para mim, mas foi lá que conheci pessoas diferentes, aprendi tantas coisas e que comecei a ver o que era realmente importante para mim... Por isso, mesmo agora, os dias que passei na livraria são inesquecíveis para mim.

Apesar de ser a primeira vez que falava com alguém sobre isso, não tive dificuldade para falar da experiência.

Wada escutou atentamente as minhas palavras e, com um semblante sério, concordou com um "Entendo, entendo". Embora ele parecesse sincero, a forma como se expressou soou engraçada.

— Nossa, todo esse drama acontecia diante de meus olhos sem que eu soubesse.

Há coisas surpreendentes na vida. Parecia que poderíamos continuar conversando horas e horas, como se fôssemos amigos de longa data. Enquanto ouvia atentamente, Wada às vezes fazia comentários que me faziam rir.

Continuamos conversando assim por um longo tempo. Quando olhei de repente para o relógio na parede, percebi que já eram quase onze horas.

— Já é hora de fechar! — disse eu, surpresa.

Wada também parecia surpreso. Como morava ali perto, disse que ia ficar até a *kissaten* fechar. Eu decidi sair um pouco antes.

— Ultimamente, tenho estado aqui à noite com frequência. Se quiser, podemos conversar novamente — disse ele, com um sorriso gentil.

Enquanto eu pagava no caixa, percebi que o dono atrás do balcão estava me olhando de soslaio. Eu meio que entendi o que ele estava pensando, então o encarei de volta. Ele não sustentou o meu olhar, se fez de ocupado e foi para o fundo da loja.

Quando saí, vi Wada olhando pela janela da cafeteria. Pensei que ele estava olhando para mim e quase fiz uma reverência, mas ele não parecia ter me visto. Caminhei em direção à estação. De alguma forma, meus passos e meu corpo pareciam muito leves, como se eu estivesse flutuando.

— Mas que esquisito! — eu disse em voz alta, sem me dar conta.

Quando olhei para cima, vi uma lua quase cheia, com apenas um pequeno pedaço faltando no lado esquerdo, flutuando sozinha no céu noturno.

13

— E se nós duas fôssemos viajar? — disse-me Momoko, do nada, duas semanas depois daquele nosso primeiro encontro. — Há um lugar muito bonito em Okutama — prosseguiu, com os olhos brilhando.

Sem saber o que dizer, fiz que sim com a cabeça e emiti um grunhido.

— Tem uma enorme montanha e no topo dela há um santuário histórico. A vista é incrível, o ar é fresco, é maravilhoso. A gente podia ficar em uma pousada, num quarto com vista, descansar... Uma viagem só das mulheres...

Só de imaginar viajar sozinha com ela, comecei a me sentir um pouco ansiosa. Eu me tornaria refém dela. No entanto, Momoko apertou firmemente minha mão e, com olhos cheios de expectativa, não largou enquanto eu não respondi com um "Vamos".

Durante essas duas semanas, desde o nosso reencontro na livraria até o convite, visitei a livraria Morisaki com bastante frequência, de forma a observar melhor a tia Momoko, como havia pedido o meu tio. À noite, depois do trabalho, eu dava uma passadinha lá e encontrava meu tio já fechando a loja, mas ela estava sempre em seu quarto.

Ela ficava muito feliz com as minhas visitas e sempre me recebia com comida que ela mesma fizera. Na cozinha do quarto de cima, que quando eu morava lá achava pequena demais, Momoko preparava uma variedade de pratos para mim. Ela fazia pratos como salada de algas *hijiki*, *nikudofu* (tofu com carne), *nanbanzuke* (peixe marinado), polvo ensopado, *shioyaki* (peixe grelhado com sal) e sopa de missô. Como eu tinha saudades desse tipo de comida caseira, acabou que comecei a visitar a loja principalmente para saborear suas refeições. Quando ligava para ela do meu trabalho durante o almoço, Momoko sempre me perguntava como uma recém-casada:

— O que você gostaria de comer hoje?

Eu fazia pedidos diferentes a cada vez.

Nas primeiras vezes, Momoko insistia em pagar por tudo, mas depois eu insistia em dividir a conta, pagando metade dos custos dos ingredientes. Com o tempo, Momoko começou a aceitar isso de bom grado.

— Tudo o que você faz é tão gostoso! — eu costumava elogiar, genuinamente.

— Você parece tão feliz comendo — respondia ela, enquanto comia o dobro da minha porção.

Era realmente um mistério como uma quantidade tão grande de comida podia caber em um corpo tão pequeno.

— Mas tá bom, mesmo — eu dizia.

Uma vez, enquanto eu mastigava uns picles de nabo amarelo, ela perguntou:

— Você cozinha no seu apartamento?

— Às vezes, sim, mas acabo cozinhando mais espaguete e coisas assim — respondi.

— Não dá para ficar só no macarrão, se você começar a namorar.

— Pois é... será?

Eu realmente tinha pouca experiência em cozinhar para namorados. Sempre evitei esse tipo de coisa porque me deixava meio envergonhada. Bem, para ser sincera, eu tenho pouca experiência em relacionamentos amorosos de qualquer forma.

— Os homens são simples. Você pode conquistá-los com comida — disse ela. — Pode deixar que eu te ensino.

Mas, como eu não andava muito interessada em homens, por enquanto quem se deixava conquistar pela comida dela era eu.

Eu não havia esquecido o pedido do meu tio e tentava abordar o assunto de várias maneiras. No entanto, Momoko sempre conseguia se esquivar das perguntas. Mesmo quando eu tentava perguntar seriamente, ela respondia com algo como "Bem, eu não sei ao certo" e escapava como uma enguia. Ela nunca foi do tipo que segue um raciocínio lógico ao falar, então a conversa frequentemente se desviava. E quando a comida era colocada diante de mim, eu ficava tão distraída que me esquecia de fazer perguntas. Era sempre assim, e eu não fazia nenhum progresso.

Contudo, consegui descobrir algumas coisas. Momoko tendia a ficar um pouco mais falante quando bebia, então experimentei oferecer-lhe álcool algumas vezes. Ela havia perdido os pais muito cedo e foi criada pelos tios em Niigata.

Começou a trabalhar em uma pequena fábrica assim que terminou o ensino médio. Depois, aos vinte e um anos, veio sozinha para Tóquio e se apaixonou por um famoso operador de câmera. (A essa altura, eu, admirada, deixei escapar um "Nooooossa, é mesmo?".)

Momoko explicou que ele fora morar em Paris a trabalho, e que ela decidira ir atrás dele, sem lhe dizer nada. O tipo de coisa que ela faria!

— Eu era jovem naquela época, uma garota que não sabia das coisas... Só pensava nele o tempo todo. Mas depois descobri que ele tinha uma esposa e filhos no Japão. Então, terminou. Porque, sabe, é injusto que o que você deseja profundamente, como uma família, só possa ser alcançado à custa da destruição de outra família... — disse ela, com o olhar distante.

O relacionamento de Momoko com o tio Satoru parecia ter começado por acaso. No início, Momoko cuidou dele, pensando que ele era alguém que não poderia ser deixado sozinho, e, de alguma forma, eles acabaram se apaixonando.

— Não tinha ideia de que tinha sido assim — eu disse, impressionada com a história deles.

Momoko respondeu encolhendo os ombros:

— Satoru sente ciúmes do meu passado e não gosta muito que eu fale sobre isso.

No entanto, ela havia percebido claramente os motivos por trás das minhas frequentes visitas, mesmo que eu não os tenha mencionado diretamente.

Em uma noite em que a nossa rotina de jantarmos juntas já se estabelecera, Momoko estava bebendo saquê lentamente e, de repente, com um sorriso maroto, ela disse:

— Takako-chan, você está fazendo um favor para o Satoru, não está?

— Como assim? Do que você está falando? — perguntei, surpresa.

Por dentro, eu estava com medo, mas tentei fingir que não sabia de nada. No entanto, foi completamente inútil. Momoko tinha um olhar extremamente feliz no rosto e beliscou minhas bochechas.

— Eu sei o que ele deve estar pensando. Além disso, Takako-chan, você não gosta muito de mim, não é? — disse, com um sorriso.

Enquanto ela me beliscava, eu comecei a sentir meu coração bater mais rápido. Parecia que ela estava lendo minha mente. De fato, eu não sabia muito bem o que eu sentia em relação a Momoko. Não é que eu a odiasse, mas se me perguntassem se eu gostava dela, eu teria dificuldade em responder. Uma coisa que eu adorava era a comida que ela fazia...

Na verdade, ela era alguém que eu não conseguia entender. Meu tio Satoru também era complicado de decifrar, mas Momoko era ainda mais difícil. Por mais que conversássemos, eu sempre sentia que a distância entre nós não diminuía. Às vezes, tinha a sensação de que estávamos falando de margens opostas de um rio, com uma distância insuperável entre nós.

Fiquei sem saber o que dizer e demorei para responder. Momoko sorriu.

— Não se preocupe. Eu gosto de você, Takako-chan. Sua honestidade, a maneira como você não consegue mentir, é adorável. Às vezes, eu acho até que eu queria ter uma alma tão bonita quanto a sua.

— A minha alma não é bonita — disse eu, um pouco irritada.

Achei que ela estava me provocando. Mas ela retrucou, com uma voz triste:

— É sim, é sim. Já a minha... Eu sou feita de mentiras.

Por um breve momento, ela olhou para baixo.

Não me passou despercebido aquele seu breve lampejo de vulnerabilidade. Foi a primeira vez que senti que tinha tocado o coração de Momoko, mesmo que apenas por um breve instante.

Mas, logo em seguida, ela sorriu e, com o seu jeito habitual, mudou de assunto.

— E a viagem, vamos? Ainda não é a época das folhas tingidas de outono, por isso mesmo tem menos gente e podemos andar com calma... Você está muito ocupada com o trabalho?

— A minha empresa geralmente é flexível nesse aspecto...

— Então está decidido!

— Mas é que...

Até tentei encontrar uma maneira de recusar, mas, por algum motivo, a expressão em seu rosto me intrigou. No final, eu acabei aceitando.

Não sei explicar muito bem o que senti naquele momento. Não era exatamente uma sensação de aperto no peito, não era algo tão dramático. Era algo mais sutil, como um sinal que não poderia ser ignorado.

§

Antes de surgir a ideia da viagem, encontrei Wada duas vezes na *kissaten*. Nas duas vezes, foi por acaso, quando estava voltando para casa, depois de ver Momoko. Parecia que ele realmente estava indo à cafeteria com frequência. Ficava sentado no mesmo lugar perto da janela onde o vi pela primeira vez, com o cotovelo apoiado na mesa e olhando para fora da mesma maneira.

Eu não tinha certeza se queria vê-lo ou não. No entanto, quando entrei na cafeteira e o vi, sem querer soltei um "Ah".

Sempre que eu lhe dizia *Konban'wa*, me aproximando de sua mesa por trás, Wada parecia ter um pequeno sobressalto, como se tivesse acordado de um sonho. Ele então me olhava fixamente por cerca de cinco segundos, como se estivesse verificando algo, antes de sorrir e responder: "Boa noite."

Ele me convidou para sentar, e foi o que fiz. Começamos a conversar. A gente só falava de coisas corriqueiras, mas eu me sentia reconfortada. Uma vez, saímos da loja antes de fechar e fizemos um pequeno passeio até o Palácio Imperial. No final, nos despedimos com um "Até mais", mesmo sem trocar número de telefone e sem garantia de que nos veríamos novamente.

Na terceira vez que fui à cafeteria, Wada não estava lá. Eu não estava necessariamente esperando encontrá-lo, mas de alguma forma me senti um pouco decepcionada, como se tivesse sido deixada na mão. No entanto, eu me consolei pensando que seria estranho se ele estivesse sempre lá.

Sentei-me ao balcão e comecei, como quem não quer nada, a perguntar ao dono sobre Wada. O dono, tendo me visto conversando com ele antes, se lembrava e assentiu, dizendo:

— Aquele cliente metido, né? Ultimamente, ele vem aqui com frequência à noite. Não me lembro se ele já tinha vindo antes ou não.

Eu o corrigi educadamente, dizendo:

— Ele não é metido, é reservado.

O dono se desculpou e continuou:

— Mas ele sempre fica por muito tempo.

Em seguida, Takano, que estava ao lado, disse algo surpreendente:

— Ele não está vindo para ver você, Takako-san? De longe, vocês parecem um belo par.

Fiquei de boca aberta, encarando-o por um tempo, e depois, involuntariamente, me encolhi e neguei com veemência.

— Isso é completamente absurdo!

— Tá, não precisa ficar braba, também.

— E você não precisa se meter onde não é chamado.

O dono da cafeteria enxotou-o de volta para a cozinha. Ele foi embora se desculpando.

Bebi meu café, repeti para mim mesma que as palavras do Takano eram um despropósito, e depois tentei esquecer a coisa toda.

"E se for verdade?", pensei em seguida.

Wada é uma pessoa adorável. Ele é amigável, educado e tem senso de humor. Além disso, ele sabe muito sobre livros. Não é do tipo egocêntrico, não fala só de si e não dá gargalhadas inconvenientes. Tenho certeza de que muitas mulheres se sentiriam atraídas por sua personalidade.

"Mas e eu, o que eu acho disso?", perguntei-me.

Percebi que o dono estava olhando fixamente para mim.

— Você deveria parar de observar as pessoas tão intensamente. Mulheres não gostam que fiquem olhando pra gente desse jeito — me queixei.

Ele riu alto e foi atrás do Takano, desaparecendo nos fundos da cafeteria.

Estava cansada de tanto pensar. Peguei o livro *Sobre a colina*, que Wada estava lendo naquela primeira vez que nos falamos. Eu encontrara uma cópia do livro em uma prateleira da livraria Morisaki, numa das vezes que fui lá. Meu tio comentou quando peguei o livro:

— Não é assim nenhuma obra-prima...

Mas eu respondi que não me importava e dei cem ienes ao meu tio pelo livro.

Era uma história curta de cerca de duzentas páginas, então naquela noite, depois de voltar para casa, li todo o livro antes de dormir.

Como Wada havia dito, era uma história de amor triste e comovente.

Era um romance ambientado em Tóquio, em meio à reconstrução após o fim da Segunda Guerra Mundial. O protagonista, Iida Matsugorô, um escritor de pouco sucesso, conhece uma bela garota chamada Ukiyo enquanto trabalha em um café "moderno" na subida de uma colina. Ele se apaixona à primeira vista por ela. Inicialmente, Matsugorô é ignorado por Ukiyo, mas, depois de frequentar o café todos os dias e expressar seus sentimentos, eles finalmente ficam juntos. Primeiro, parece que vão se casar, mas Ukiyo, devido às dívidas deixadas por seu pai, é forçada a se comprometer com o filho de um homem rico. Matsugorô, que não sabia o que o amanhã lhe reservava, não tinha meios de impedir isso.

Matsugorô, no meio do desespero e da solidão, continua a escrever romances com determinação. Ele acredita que, se se tornar famoso, poderá recuperar Ukiyo, e esse é o único motivo para que continue lutando. Com o tempo, quando já passou dos trinta, Matsugorô finalmente se torna um escritor bem-sucedido. No entanto, o que ele descobre é uma realidade cruel: Ukiyo já havia sucumbido à tuberculose e partido deste mundo.

Matsugorô passa a viver seus dias imerso em álcool, mulheres e drogas. Devido ao seu estilo de vida desregrado, sua saúde se deteriora, mas ele nunca esquece Ukiyo, e continua a frequentar todos os dias o café onde se conheceram. Então, numa noite de inverno, enquanto voltava para casa do café, ele tosse sangue e desmaia no meio do caminho. À medida que sua consciência se afasta, a única coisa que ele ainda vê é a imagem de Ukiyo em seu coração...

Fui tocada pelos intensos e sinceros sentimentos de Matsugorô, e, quando terminei de ler, meu coração estava pesado. Lágrimas escaparam dos meus olhos e deixaram uma pequena mancha nas páginas.

Deitada na cama, caí no sono enquanto pensava que o Wada era uma pessoa bastante romântica.

Naquela noite, sonhei que eu era a dona do café da história. Eu sacudia os ombros de Ukiyo, tentando convencê-la a ficar com Matsugorô.

14

— Tá, mas a troco de que você vai viajar com ela?

Na noite anterior à viagem, sozinha no trabalho fazendo hora extra, recebi uma ligação do meu tio. Ele acabara de saber da viagem conversando com Momoko. Disse-me que, quando pedira para eu investigá-la, não imaginava que eu fosse tão longe. Não sabia como explicar, então respondi de forma ambígua:

— Estávamos conversando e quando vimos tínhamos decidido viajar...

— Aposto que ela é que forçou a barra para você ir, não? — respondeu meu tio, preocupado.

— Não, imagina!

— Certeza mesmo?

— Sim! Aliás, pode deixar que eu te trago um presentinho da viagem, por toda essa preocupação que estou causando...

— Bom, se você diz... — disse ele, hesitante. — A propósito, Sabu-san apareceu algumas vezes na loja, exigindo ver a Momoko. Você sabe do que se trata?

Lembrei-me da cena na cafeteria e ri em voz alta.

— Acho que ele quer tomar satisfações...

— Como assim? — perguntou meu tio, incrédulo. — Imagina o senhor Sabu tentando falar com a Momoko. Ela ia puxar o saco dele e passar ele na conversa. Ele ia voltar para casa totalmente seduzido. Ela tem um talento especial para lidar com pessoas como ele...

Consegui visualizar a cena com clareza.

— Seria bem assim...

— Certo que sim... Mas o engraçado é que a Momoko costuma sair durante o dia, então quando o Sabu-san aparece ela nunca está em casa, e ele fica furioso.

— Nossa!

— Eu pergunto aonde ela vai, mas ela não me diz!

— Ela também não é uma criança, né, tio. Pois ela não volta sempre? Ela pode fazer o que quiser.

— Isso é... Bom, seja como for, você não precisa ir nessa viagem se não quiser, tá? — disse ele, e continuou resmungando até desligar: — Não sei o que a Momoko tem na cabeça de convidar a Takako...

§

Naquela noite, resolvi ir na Subôru depois do trabalho.

Quando saí da empresa, já passava das nove e não tive vontade de ir direto para casa. Quando cheguei na cafeteria, o lugar ainda estava movimentado, e duas garotas ocupavam o assento junto à janela onde Wada costumava se sentar.

Encontrei uma mesa vazia e comecei a ler *Amizade*, de Mushanokôji Saneatsu, que eu tinha comprado para levar na viagem. No entanto, eu estava tendo dificuldade em me concentrar. Toda vez que um cliente entrava, eu olhava sem querer em direção à porta, pensando que poderia ser Wada.

Levei um bom tempo para ler menos de vinte páginas. Nisso, chegou Wada. Eu o cumprimentei e ele se aproximou da minha mesa. De longe, já senti que havia algo estranho. Parecia que ele estava um pouco sem brilho.

— Trabalhando muito?

— Até que não — respondeu, rindo.

Mas parecia mesmo cansado.

Normalmente, eu não me importaria com o silêncio que se seguiu, mas, por alguma razão, naquela noite senti que precisava dizer alguma coisa. Sentia-me mais constrangida diante de Wada desde que Takano fizera aquele comentário no outro dia.

— Ah, falando nisso... eu li *Sobre a colina...* — lembrei-me de mencionar.

Wada não pareceu muito interessado. Murmurou:

— Ah, é mesmo?

Achei que ele ia gostar de saber, então fiquei decepcionada com a reação. Ele comentou, sarcástico:

— Você não achou a história um dramalhão?

— Imagina! Gostei muito do livro.

— Mas esperar até o fim da vida por alguém não é muito realista...

— Isso é verdade.

— Eu pelo menos não acho. Minha ex diz que é "anormal".

— "Anormal"? — perguntei, sem entender.

— Quando eu comecei a namorar com ela, este foi o primeiro lugar a que a trouxe. Ela gostava de vir aqui também.

Quando terminamos o namoro, eu disse a ela que esperaria por ela aqui. Que se ela mudasse de ideia, voltasse aqui. Mas, bem, anteontem, ela me mandou um e-mail dizendo que isso é anormal, que eu parasse com isso.

Só então fui entender do que ele estava falando.

"Bem que ele podia ter me dito antes", pensei.

"Que nada! Ele não tem a mínima obrigação de te explicar coisa nenhuma", corrigi-me em seguida.

Então, todo esse tempo, ele vinha aqui para esperar por aquela bela mulher com quem ele ia à livraria Morisaki — exatamente como Matsugorô esperava por Ukiyo na trama do livro. "Então é por isso que ele gosta desse romance", pensei.

"Mas que ridícula que eu sou", disse a mim mesma diversas vezes. Não que estivesse triste, exatamente. Eu meio que já havia pressentido que ele não tinha interesse em mim. Só estava me sentindo boba por ter criado tantas ilusões.

Cheguei a pensar que a conversa fluía entre nós dois, que tínhamos uma intimidade como se nos conhecêssemos havia muito tempo... Mas não era nada disso. É só que ele era educado e ficava escutando atenciosamente todas as bobagens que eu falava. Isso me levou a pensar que talvez ele sentisse algo por mim. Agora que finalmente entendia do que se tratava, fiquei com muita vergonha. Ele viu que eu baixara o olhar e, talvez por achar que me havia constrangido, disse:

— Desculpe ficar falando de coisas que não te interessam.

Eu sacudi a cabeça com veemência.

— Sou eu que tenho que me desculpar.

— Como assim, se desculpar? — perguntou ele, atônito.

— Ah, sei lá. Desculpa qualquer coisa.

— Como assim?

Eu, na verdade, queria me desculpar mais, mas também não queria que ele achasse que eu era louca, então resolvi não dizer mais nada. "Rápido, vamos mudar de assunto!", pensei, mas minha curiosidade no fim falou mais alto:

— Você gostava muito dela, não é? — eu disse e imediatamente me arrependi.

Ele riu.

— As pessoas que me conhecem dizem que eu sou muito infantil. Mas tem coisas que eu entendo muito bem. Eu e ela não tínhamos nada em comum... disso eu já sabia desde o início. Mas eu sou teimoso. Não dou o braço a torcer. Não admitia que o namoro estivesse condenado a acabar. Sempre me achei muito lúcido, racional, mas a verdade é que no fundo eu tenho um lado muito passional... para minha própria surpresa...

"Nossa, foi fundo na autoanálise! Ele tem mesmo um lado excêntrico", pensei.

— Eu acho que você é uma ótima pessoa — eu disse, tentando animá-lo.

Não consegui pensar em nada melhor para dizer a ele. Mas era verdade que eu o achava uma boa pessoa.

— Obrigado. Eu também acho que sou uma boa pessoa. Mas ela me disse que, mesmo sendo uma boa pessoa, eu sou sem graça. — ele riu.

— Credo, ela disse isso? Que horrível.

Fiquei um pouco irritada com a ex dele. Pensei que ela não fora capaz de compreender o que ele tinha de bom.

— Mas eu até concordo. Acho que ela acertou em cheio. Mas vamos falar de outra coisa, que esse assunto já está chato. E você, como está? — perguntou, enchendo meu copo de água.

Mas eu estava tão perturbada que não conseguia pensar em nada para dizer. Falei uma coisa ou outra e logo arrumei uma desculpa para ir embora.

— Não posso ficar mais, tenho que acordar cedo amanhã...

— É mesmo? — disse ele, um pouco surpreso.

O dono, ao me ver indo embora, perguntou:

— Ué, já vai?

— Pois é... — e já fui saindo.

"Acho que o dono da cafeteria percebeu tudo", pensei. "Melhor ficar um tempo sem ir lá."

Enquanto caminhava até a estação, comecei a me sentir cada vez pior. Tive que fazer umas trinta inspirações profundas para me acalmar.

Só fui me dar conta de que esquecera o livro sobre a mesa quando já estava no trem de volta para casa.

15

Combinei de me encontrar com a Momoko às dez na estação Shinjuku.

O céu estava nublado, mas a previsão do tempo dizia que à tarde faria sol. Como eu tinha tirado uns dias de férias para viajar, decidi me animar e deixar para trás os sentimentos sombrios da noite anterior. Saí de casa animada.

Momoko apareceu no meio da multidão na saída sul da estação Shinjuku, tão distraída que era difícil acreditar que estava prestes a fazer uma viagem. Carregava uma mochila tão pequena que parecia de criança. Seu cabelo estava preso num rabo de cavalo, e vestia um moletom verde com calça preta. Como não era muito alta, de longe parecia uma garotinha em um passeio da escola.

— Isso não é roupa de quem vai pra montanha! — ela me disse, franzindo a testa.

Fazia muito tempo que eu não viajava. Estava com um vestido que comprara na liquidação.

— Mas eu estou de tênis! — me defendi. — E na mala tem roupa de fazer trilha.

— Exagerada, não precisava trazer esse monte de coisa.

Pensando bem, ela tinha razão. Eu me entusiasmara na hora de arrumar a bagagem. Acho que ela viu que eu fiquei constrangida, porque disse, para me consolar:

— Vocês jovens sempre carregam roupa demais em viagem...

— Ah, depois de velha a gente leva menos? — experimentei rebater.

— Também não precisa falar assim, né. Eu só acho que bagagem grande atrapalha.

Bom, isso não tinha como negar.

Momoko se empertigou, fez uma reverência dramática e me disse:

— *Yoroshiku* pelos próximos três dias. — disse ela, desejando que nos déssemos bem nessa empreitada.

Curvei-me em resposta.

Em Shinjuku, pegamos a linha Chûô até a estação Tachikawa, onde fizemos a transferência para a linha Ôme. Apesar de viver em Tóquio há quase cinco anos, essa era a primeira vez que eu vinha nesta direção. O trem da linha Ôme estava surpreendentemente vazio. Na poltrona em frente à nossa, havia um estudante do ensino médio com uma expressão carrancuda, aparentemente atrasado para a escola, balançando a perna impaciente. Talvez ele estivesse irritado com o mundo ao seu redor. Momoko sentou-se à janela e ficou olhando para fora, cantarolando baixinho. Eu, que tinha passado a noite anterior acordada, pensando em coisas sem importância, acabei adormecendo sem perceber.

Quando acordei depois de um tempo, o adolescente irritado já tinha ido embora. Olhei pela janela, as nuvens haviam desaparecido e o azul se estendia pelo céu. Não havia mais tantas casas, e a paisagem era mais de campos e arrozais, com as montanhas ao longe cada vez mais altas. Esfreguei os olhos e comentei:

— Que lindo!

— Ih, você não viu nada ainda! — disse Momoko.

Descemos em uma pequena estação de Mitake, e diante de nós, com o céu azul como pano de fundo, havia montanhas a perder de vista, com um monte mais imponente erguendo-se no centro. Era majestoso. Estava envolto em um verde exuberante, pois a folhagem ainda não havia começado a mudar de cor. A nossa pousada ficava lá em cima. Contemplei a paisagem diante de mim e murmurei:

— Mal nos afastamos de Tóquio, mas parece que viemos tão longe!

Inspirei profundamente e meus pulmões se encheram com o ar fresco e cristalino. Pensei admirada que ainda existem lugares tão ricos em natureza perto dos centros urbanos. Momoko comentou:

— O centro da cidade só se encheu de arranha-céus nas últimas décadas.

Isso me fez pensar em um conto chamado "Musashino", de Kunikida Doppo. No Período Meiji, em que Doppo viveu, Musashino, uma região próxima a Tóquio, ainda tinha uma paisagem verde e encantadora. As coisas mudam em uma velocidade estonteante.

À frente da estação, pegamos um ônibus até o ponto nas montanhas onde ficava a plataforma do teleférico.

Na parada de ônibus, havia dois grupos de turistas que pareciam ter vindo no mesmo trem que nós, sentados esperando. Quando cumprimentamos com um aceno de cabeça e nos sentamos ao lado deles, a mulher que parecia ser a mais velha sorriu e perguntou:

— Viagem de mãe e filha?

Momoko sorriu e respondeu:

— Sim.

Ainda que não fôssemos uma família, parecia complicado explicar, então eu apenas confirmei com a cabeça.

Quando entramos no ônibus, três meninos de uma escola local vieram conversar conosco. Eles pareciam acostumados com turistas, pois falaram com a gente sem ficarem encabulados. Momoko parecia gostar de crianças e sorriu calorosamente para eles.

— Em que ano vocês estão? — perguntou ela.

— No primeiro ano!

Disseram que suas famílias trabalhavam nas pousadas na parte alta e que eles precisavam descer a montanha todos os dias para irem à escola.

— Deve ser cansativo — comentei.

— Pois é... — responderam, sérios.

Depois me dei conta de que eles deviam ouvir o mesmo comentário de cada turista com que cruzavam no ônibus.

— Por aqui! — gritaram, nos apressando, quando o ônibus chegou ao teleférico.

Havia uma subida até a plataforma. As crianças saíram correndo e eu fui atrás, sem fôlego. Momoko se virou e me olhou, dizendo:

— O pior é depois, não vá se cansar ainda!

Ela estava me provocando. As crianças riram e disseram:

— Força, tia! Essa gente da cidade grande é tudo assim...

Tentei argumentar que sou do interior de Kyûshû, mas ninguém parecia ouvir e continuaram avançando rapidamente. Eu me perguntei como Momoko tinha tanta energia. Me arrependi de não ter trazido uma mala menor.

Finalmente chegamos ao ponto de embarque do teleférico, e Momoko me entregou uma garrafa de chá gelado que ela trouxera da loja de suvenires. Aceitei agradecida e tomei grandes goles.

§

O teleférico subiu a montanha ao longo de um rio cristalino, chegando perto do topo da montanha. Lá, nos despedimos das crianças e continuamos a caminhar vagarosamente. A altitude já estava perto dos mil metros, e parecia incrível como uma hora antes estávamos lá embaixo, no sopé da montanha.

Na estreita trilha que levava ao topo havia uma fileira de placas de sinalização e anúncios de pousadas. Momoko disse, como se não fosse nada de mais:

— Nossa pousada é a que fica mais longe. Ainda tem uns quarenta minutos de caminhada.

— Como?! — exclamei, desesperada.

— Mas a vista é incrível! — retrucou ela, e me deu um beliscão na bochecha.

Subindo uma série de encostas íngremes e escadarias, havia apenas uma pequena loja e um ponto de encontro ao longo do caminho. O restante eram residências e pousadas. Sempre que passávamos por pessoas que desciam do cume, elas nos cumprimentavam alegremente com um “Olá”. Momoko e eu respondíamos com a mesma animação. Grande parte das pessoas que encontramos parecia ser mais velha, mas também passamos por alguns jovens casais e grupos numerosos que pareciam ser de estudantes universitários. A maioria dos jovens estava vestida de forma casual, assim como eu, o que me deixou um pouco mais à vontade.

Finalmente avistamos a pousada que procurávamos. A essa altura, eu já estava completamente sem fôlego. Acho que Momoko também estava um pouco cansada, pois ela soltou um suspiro e enxugou o suor da testa com uma toalha, dizendo:

— Até que enfim, chegamos.

O prédio era bem velho e parecia uma mistura de pousada e casa de família. Era uma construção de madeira de três andares, com uma encosta íngreme ao fundo. No amplo jardim havia uma variedade de itens aparentemente abandonados, como um motocultor, bicicletas enferrujadas e toras de madeira. Pensando pelo lado positivo, o lugar podia ser descrito como aconchegante e autêntico, mas, de um ponto de vista negativo, parecia um pardieiro. Momoko e eu concordamos que ao menos era algo diferente das pousadas convencionais. Momoko abriu a porta da frente e chamou:

— Olá!

Pouco depois, ouvimos passos apressados no corredor, e uma jovem apareceu. Ela usava jeans folgados e uma blusa claramente muito grande para seu tamanho. Parecia ter cerca de vinte anos. Quando viu Momoko, dirigiu-se a ela com um tom amigável que não parecia o que se reserva a clientes.

— Mas se não é a Momoko-san! — exclamou.

— Há quanto tempo, Haru-chan. Como você está? — Momoko respondeu, da mesma forma amigável.

A garota então perguntou:

— E ela, quem é? Sua filha? Não me diga que você tem filhos!

— Sou Takako, sobrinha dela — fui logo dizendo, antes que Momoko inventasse de dizer que era minha mãe.

Haru tinha um jeito um pouco rústico, mas parecia ser boa pessoa.

— Ah, é mesmo? Tudo bem? Prazer — disse ela, inclinando a cabeça em minha direção.

Ouviram-se mais passos, e uma mulher de cerca de cinquenta anos, vestindo um avental e um lenço na cabeça, veio caminhando lentamente.

— Ah, Momoko-san, você chegou mais cedo! — disse ela com um sorriso simpático.

Ela parecia uma pessoa comunicativa e prestativa. Momoko se curvou respeitosamente e a cumprimentou:

— Há quanto tempo, *okamisan*!

Haru perguntou:

— Você veio para trabalhar aqui de novo, Momoko-san?

— Não, não, Haru-chan. Hoje eu vim como cliente.

— Nossa, é mesmo? — disse Haru, surpresa.

Fiquei observando as três com curiosidade. Momoko sussurrou para mim:

— Quando saí da casa do Satoru, trabalhei aqui por um tempo.

— É mesmo? Eu não sabia.

— Pois é... — ela disse, sem expressar emoção.

A dona da pousada nos guiou até nosso quarto. Passava um pouco das duas da tarde, então éramos os primeiros hóspedes do dia.

O interior do prédio estava tão bagunçado quanto o lado de fora, com coisas por toda parte. Ao longo dos corredores havia um aquário vazio, pilhas de revistas, uma televisão antiga, um violão e outros itens. Dei uma olhada discreta na cozinha ao lado da entrada e vi que estava bastante desorganizada. Os toaletes, lavabos e chuveiros eram todos compartilhados. A sensação era mais de um alojamento do que de uma pousada. Durante as férias de verão, tenho certeza de que a pousada deve ficar lotada com excursões de estudantes universitários. Não sei como são as outras pousadas da região, mas esta dava uma impressão de desleixo.

Fomos levadas para o aposento mais distante, pois disseram que tinha a melhor vista. Nosso quarto era de tatame, com uns quinze metros quadrados, perfeito para nós duas. A vista pela janela era de um verde sombrio e melancólico, com as árvores balançando preguiçosamente ao vento. De vez em quando, ouvíamos o canto de um pássaro — talvez um tordo. As montanhas distantes estavam envoltas em uma névoa suave, e nuvens cirrocumulus deslizavam lentamente pelo céu azul-claro. Olhar para fora era quase hipnotizante, como se ali se sentisse menos a passagem do tempo.

Sentei-me junto à janela e fiquei olhando a paisagem do lado de fora por um tempo. Ao meu lado, Momoko também parecia absorta em seus pensamentos, e, para minha surpresa, ficou um bom tempo sem dizer nada enquanto contemplava o exterior. Perguntei a mim mesma como seria viver aqui e trabalhar neste lugar. Me surpreendi pensando que talvez eu gostasse de viver aqui.

Nesse momento, alguém bateu com força na porta. Em seguida, entrou Haru. Ela carregava um pesado aquecedor a óleo nas mãos, que ela largou com um estrondo em um canto do cômodo. Agradecemos e ela respondeu meio grosseirona antes de sair.

— Momoko-san, por quanto tempo você trabalhou aqui? — perguntei.

Ela pensou um pouco e respondeu:

— Acho que uns três anos.

— E o que você fez depois de sair daqui?

— Várias coisas. Quando a gente quer, arruma um jeito.

Momoko dava mesmo a impressão de poder viver bem em qualquer lugar.

— Bem — disse ela, e se levantou com entusiasmo —, que tal darmos uma voltinha até a hora do jantar?

Decidimos deixar a verdadeira escalada para o dia seguinte e optamos por visitar o santuário no topo da montanha. Momoko explicou que o santuário estava bem próximo à pousada, a apenas alguns minutos a pé.

Passamos por uma área modesta com lojas de suvenires e restaurantes locais e logo chegamos a um grande portão *torii*. Seguindo algumas pessoas que estavam à nossa frente, inclinamo-nos levemente como sinal de respeito e depois entramos no pátio do santuário.

O santuário era muito mais impressionante do que eu tinha imaginado. Vários pavilhões se enfileiravam no grande terreno. Havia inúmeras placas de pedra ao longo do caminho. Ao ler as placas informativas, descobri que o santuário foi fundado antes da Era Nara e que, desde a Idade Média, se tornara um centro de devoção nas montanhas de Kantô, atraindo muitos fiéis.

Fiquei surpresa ao saber que um santuário tão grandioso existia neste local remoto desde a Antiguidade. Além disso, ao pensar que há centenas de anos, para fazerem suas preces, as pessoas levavam vários dias ou mesmo semanas subindo essa montanha a pé, sem os meios de transporte que temos hoje, fiquei ainda mais impressionada. Visitar este lugar era claramente algo de extrema importância para as pessoas de outras épocas. Mesmo eu, que não sou religiosa, me senti emocionada naquele lugar.

Subimos as íngremes escadarias em direção ao santuário principal. Vi gencianas roxas e brilhantes florescendo selvagens ao lado da trilha. As escadas pareciam intermináveis. Chegar ao santuário principal foi bem complicado. Os outros visitantes também ofegavam ao subir. Quando finalmente chegamos ao pavilhão principal, eu estava sem fôlego.

Jogamos nossas moedas na caixa de oferendas e unimos nossas mãos em prece.

Depois de rezar, olhei para Momoko, que ainda estava com as mãos juntas e tinha uma expressão muito séria no rosto. Fiquei intrigada com o fervor de sua prece. Quando abriu os olhos, perguntei:

— O que você estava pedindo?

— Nada de especial.

— Mas você estava rezando com tanta seriedade... — comentei.

Ela explicou:

— Os santuários não são apenas lugares para fazer pedidos. São também lugares para agradecermos aos deuses por cuidarem de nós.

— Nossa, eu só fiz pedidos.

— E o que você pediu?

— Saúde e prosperidade financeira.

Momoko riu e comentou:

— Esses pedidos são a sua cara, mesmo. — Então, depois de dar uma olhada ao redor do pátio do santuário, ela continuou:

— Depois de sair da casa do Satoru, acabei vindo para este santuário por acaso. Na volta, foi quando decidi ficar naquela pousada. Como não tinha dinheiro, pedi à dona do lugar para trabalhar e morar lá. A dona também estava em apuros porque perdera o marido havia pouco tempo... Naquela época, Haru-chan ainda não trabalhava lá. Ela estava precisando de ajuda, mas não tinha obrigação nenhuma de contratar uma velha como eu, e ainda por cima, desconhecida. A *okamisan* é uma pessoa muito generosa.

Fiquei fascinada com o seu modo de contar aquela história, quase como se estivesse falando de outra pessoa.

Depois de fazermos uma última reverência juntas diante do deslumbrante santuário banhado pelo sol poente, voltamos para a pousada descendo a ladeira.

§

Tomei um banho para tirar o suor. Enquanto esperava Momoko tomar o seu, deitei-me no futon e fiquei rolando para um lado e para o outro. Acabei pegando no sono e só fui acordar quando Momoko me sacudiu. Já era hora do jantar.

Dois grupos de hóspedes tinham chegado enquanto eu dormia. Encontramo-nos na sala de jantar. Um grupo era formado por três gerações de uma mesma uma família; o outro era composto por dois homens de meia-idade. Os dois homens já pareciam um pouco bêbados e, quando entramos na sala, eles nos cumprimentaram com uma voz exageradamente alta:

— Já começamos os trabalhos!

O jantar foi farto. A dona da pousada parecia determinada a nos oferecer de tudo um pouco. Havia ensopados, *nattô* (soja fermentada), cebolinhas em conserva, *kimchi*, e até *nabe* e tempura. O prato de que mais gostei foi o peixe grelhado com missô. Só o peixe, o arroz e a sopa já foram mais do que suficientes para mim, então deixei o *nabe* e o tempura para os dois homens que já estavam um pouco embriagados.

A atmosfera descontraída da pousada contribuiu para a estranha animação dos convivas na sala de jantar. Os dois homens faziam trilha e visitavam sempre aquela montanha. Deram-nos várias dicas — ainda que a maioria das recomendações deles fosse de coisas que estavam fora de estação, como a florada dos lírios *katakuri* ou das anêmonas-do-japão.

Os avós do grupo de três gerações nos contaram que estavam fazendo uma viagem com toda a família antes do casamento do neto. A avó tinha entre 87 e 89 anos (houve alguma disputa na família sobre a idade). Contaram-nos que trouxeram a avó em uma cadeira de rodas e que o neto empurrara a cadeira do teleférico até a pousada. Quando a avó murmurou que esta seria sua última viagem, Momoko exclamou:

— Não diga uma coisa dessas, você ainda é jovem! Ainda vai fazer muitas viagens...

Momoko parecia muito alegre ao dizer essas palavras.

Depois que os dois grupos partiram, Momoko e a *okamisan* entabularam uma conversa animada e interminável, então decidi voltar para o quarto.

Chegando ao quarto, relembrei o comportamento de Momoko ao longo do dia, e cheguei à conclusão de que não precisava ter me preocupado tanto antes da viagem. Ela parecia estar se divertindo, e nada mudara em sua alegre disposição de sempre. Ela só quisera voltar a esta pousada porque tinha saudades do lugar onde morara e trabalhara.

A impressão de que ela estaria tramando algo não passava de um mal-entendido. Tenho um talento natural para mal-entendidos, como toda a confusão com Hideaki serviu para provar.

"Bom, desde que eu esteja me divertindo, não há motivo para me preocupar", pensei enquanto esperava que Momoko voltasse. Quando ela chegou, foi logo se deitar e disse:

— Amanhã temos que acordar cedo, então boa noite!

Momoko se deitou no futon e adormeceu em três minutos. Chegou a roncar um pouco. Mas eu, que já tinha cochilado duas vezes durante o dia, senti dificuldade em adormecer.

Estava bastante arrependida de ter esquecido meu livro na cafeteria. Para piorar, quando pensei no livro me lembrei do Wada...

"O que ele estará fazendo agora?", pensei. "Provavelmente dormindo, é claro." Eu estava me sentindo um pouco frágil, prestes a passar uma noite insone em um lugar desconhecido — ainda que próximo de casa. Comecei a sentir saudades dele. Eu poderia pelo menos ter pedido seu contato. Talvez eu nunca mais o veja. Wada não tinha mais motivo para frequentar a cafeteria... Ao pensar nisso, fiquei muito triste.

De tanto pensar, fiquei ainda mais desperta. Resolvi sair do quarto. Toda a pousada estava em silêncio, mas podia-se ver a luz vazando pelas frestas da porta de uma pequena sala no final do corredor. Eu me aproximei sorrateiramente e dei uma espiada, e vi Haru sentada à mesa, olhando fixamente para a tela do notebook, com uma expressão tão séria quanto a que Momoko tivera ao rezar no santuário.

Tentei me afastar sem fazer ruído, mas ela me notou e, com uma voz sonolenta, perguntou:

— Aconteceu alguma coisa?

— Não estou conseguindo dormir...

— Então que tal dar uma volta? — sugeriu ela.

Ela apontou para a porta da frente e disse:

— Hoje não tem nuvens, então as estrelas devem estar lindas.

— Boa ideia, obrigada.

Quando eu já ia sair, ela disse:

— Espere um pouco. Está muito escuro, é perigoso você ir sozinha.

Pegou uma lanterna e foi comigo.

Abrimos a porta sem ruído e saímos para o jardim.

Devido à grande altitude, mesmo no meio de outubro, minha respiração condensava no ar frio. Ao olhar para o céu, as estrelas pareciam muito mais próximas do que na cidade. Constelações de inverno que não poderiam ser vistas em Tóquio brilhavam acima das montanhas, criando linhas oscilantes de luz.

Caminhamos devagar até a frente do santuário. Tudo ao redor estava em total silêncio, e não havia luz acesa em lugar nenhum. O único som que se ouvia era o suave eco dos nossos passos.

— Desculpa por te arrastar até aqui — eu disse.

— Não tem problema, eu estava só olhando o Futaba Channel — respondeu Haru enquanto tirava um cigarro do bolso e o acendia.

— Haru-chan, há quanto tempo você trabalha aqui?

— Desde que terminei o ensino médio. A dona é da minha família.

— Ah, é mesmo?

— Na verdade, quase todo mundo aqui tem algum grau de parentesco com os outros. E durante as férias, alguns estudantes locais trabalham meio período. É raro que se contrate alguém de fora, como no caso da Momoko-san.

— Você gosta do trabalho?

— Pois é... não sei. É o único trabalho que já tive, então não tenho nada para comparar. Nos períodos em que vêm as excursões de estudantes, é bem movimentado, mas nesta época do ano fica um pouco mais calmo... — em seguida, perguntou, com um tom desinteressado: — Por que vocês duas estão fazendo essa viagem juntas? Vocês não parecem ter muita intimidade.

— Pois é... Antes de virmos, eu meio que tinha a sensação de que a Momoko-san queria conversar comigo sobre alguma coisa. Mas parece que foi coisa da minha cabeça.

— Hmm. Falando nisso, lembro que quando a Momoko-san estava aqui, ela era bem menos alegre. Fiquei surpresa quando a vi tão animada.

— É mesmo?

— Sim. No final, ela parecia estar bem, mas quando comecei a trabalhar aqui, ela mal abria a boca. Eu tinha até um pouco de medo dela...

Eu não conseguia imaginar a Momoko assim.

— Mas quem sou eu para dizer? — disse Haru, jogando o cigarro no cinzeiro que estava instalado do lado de fora do portão do santuário.

Uma estrela cadente passou pelo céu noturno e desapareceu. Haru espirrou alto.

— Acho que é hora de voltarmos — eu disse.

Haru assoou o nariz e assentiu com a cabeça.

16

Na manhã seguinte, fiquei enrolando por um bom tempo para me levantar. Momoko tentou várias vezes puxar o meu cobertor, mas me agarrei a ele com toda força e continuei dormindo. Depois das nove, finalmente me levantei, lavei o rosto e vaguei pela pousada atrás da Momoko.

— Ela deve estar no jardim — disse a dona da pousada com um sorriso contido.

Quando saí, de fato encontrei Momoko lá, sob a luz do sol da manhã, usando um *yukata* e fazendo poses engraçadas. Quando perguntei o que ela estava fazendo, ela respondeu que era tai chi chuan, um hábito matinal seu.

— Já tem alguns anos que faço. É muito bom para a saúde. Além disso, também ajuda a manter uma mente saudável. Se a dorminhoca quiser, pode fazer comigo.

"Será que ela faz tai chi todas as manhãs na frente da livraria Morisaki?", pensei. Os empregados de escritório que passavam por ali todos os dias a caminho do trabalho deviam levar um susto ao se depararem com o espetáculo. Ao imaginar a cena, quase não consegui conter o riso.

Depois do café da manhã, finalmente decidimos fazer nossa trilha. Eu estava vestida com roupas confortáveis. Parecia que os outros hóspedes já haviam saído fazia algum tempo. Comentei que não havia motivo para nos apressarmos, mas Momoko fez uma cara de quem não gostou.

A dona da pousada nos desejou uma boa caminhada antes de partirmos. Pegamos o caminho da montanha, passando por duas colinas, com o objetivo de chegar ao mirante que nos haviam recomendado.

A montanha era coberta de enormes cedros, cinco vezes mais altos do que eu. O ar era gelado. Viam-se lindas flores silvestres aqui e ali, que Momoko ia nomeando. Ela parecia conhecer profundamente as montanhas, resultado de anos vivendo na região. Já a minha experiência em caminhadas remontava à época em que fiquei numa colônia de férias quando estava no fundamental. Caminhar pela montanha com uma guia habilidosa como Momoko era muito divertido. Não precisava ter medo de me perder. Comecei a cantarolar "O urso da floresta", uma canção infantil que eu aprendi na colônia de férias.

Mas a cantoria durou pouco. O caminho, que começou largo e plano, gradualmente se estreitou e ficou mais íngreme, como que a advertir que a montanha não devia ser subestimada. O terreno era irregular e parecia perigoso. Qualquer descuido, e eu poderia escorregar. Nem cheguei ao fim da música e já estava sem fôlego. Momoko ia adiante, com passos firmes. Quando a distância entre nós ficava muito grande, ela parava e esperava por mim.

— Ô dona guia, a senhora não pode andar mais devagar, hein? — eu pedi, quando passamos por um lugar chamado de "Rocha do Tengu".

— Estamos atrasadas, graças a uma certa pessoa que eu poderia estar mencionando. Se não nos apressarmos, o sol vai se pôr antes de voltarmos — disse ela com frieza.

Depois dessa resposta, resolvi ficar quieta.

— Vamos fazer uma pausa em breve. Até lá, força! — completou ela, e continuou caminhando rapidamente à frente.

Finalmente, no início da tarde, paramos ao lado de um riacho para descansar. A dona da pousada tinha feito dois *onigiri* para cada uma de nós. Ali no meio da floresta, sob os raios do sol filtrados pelas árvores e ouvindo o agradável som da água corrente, senti-me um pouco mais descansada.

Sentei-me nas pedras para recuperar o fôlego e respirei o ar fresco várias vezes para acalmar minha respiração irregular. Momoko não parecia cansada. Sentou-se e começou a comer seu *onigiri* com uma expressão tranquila.

— Você está realmente em forma, Momoko-san — comentei.

— Pois é, você, mesmo sendo mais jovem, parece não ter tanta resistência — respondeu ela.

— Se continuar assim em forma, vai viver ainda muitos anos, como a senhora idosa que conhecemos ontem — eu disse, em tom de brincadeira.

Momoko riu.

— Mas sabe de uma coisa, não é bem assim. Eu, na verdade, estou doente. Meu corpo não está nada bem.

Fiquei pasma com a revelação, mas Momoko mudou de assunto, dizendo que era hora de voltar a caminhar. Levantou-se com entusiasmo e começou a andar.

"Doente?"

"Ela disse isso mesmo? Que estava doente?"

"Mas ela não parece nem um pouco doente..."

Estava me sentindo tão confusa que continuei sentada.

— Se você continuar parada feito uma songamonga, olha que eu te deixo aí e vou embora — disse ela, já em marcha.

Levantei-me e apressei o passo em direção à sua frágil figura.

Depois disso, continuamos a caminhar sem trocar muitas palavras. Descemos por uma trilha íngreme cheia de rochas pontiagudas e contornamos metade da montanha, subindo outra trilha íngreme em seguida. Com tantas subidas e descidas, minhas pernas protestaram várias vezes.

§

Por fim, o céu se abriu de repente diante de nós. Chegáramos ao topo da montanha.

O mirante parecia um pudim servido num pratinho. O solo marrom-avermelhado se estendia a perder de vista, com pinheiros esparsos. À frente, havia um penhasco íngreme. Havia apenas um visitante, um homem de meia-idade, sentado em um banco próximo à beira do penhasco. O ambiente estava sereno e tranquilo. Sentamos juntas em um banco do lado oposto ao do homem. Um vento suave refrescava nossos corpos aquecidos pelo sol.

A vista do topo da montanha era impressionante. Estávamos cercadas por um mar de verde, com picos de montanhas se estendendo interminavelmente em todas as direções. O céu parecia muito próximo e claro, como se fosse nos sugar para si a qualquer momento.

Olhando bem, dava para ver Tóquio lá embaixo — apenas uns pontinhos ao longe. No dia seguinte eu estaria de volta àqueles pontinhos, mas vistos assim de longe eles não pareciam ser de verdade. Senti-me até tentada a ficar ali para sempre. Será que Momoko um dia sentira a mesma coisa?

— Momoko-san...

— O que foi?

— Por que você decidiu deixar o tio Satoru?

Não estava perguntando porque meu tio pediu. Era uma curiosidade minha. Achei que ali, naquele lugar, ela finalmente responderia minhas perguntas.

— Pois é... — disse ela, olhando para o longe.

Eu esperei em silêncio, olhando na mesma direção, pelo momento em que ela começaria a falar. Uma andorinha passou silenciosamente pelo céu.

— Lembra que eu te contei que tive um amante antes de conhecer o Satoru? — disse ela em um sussurro, ainda olhando para a frente.

— Sim.

— Quando estava com ele, fiquei grávida. Eu tinha um forte desejo de ter uma família, então fiquei muito feliz, mas ele não compartilhou da mesma alegria. Ele tinha uma esposa e filhos no Japão, como eu descobri mais tarde.

Um vento forte soprou e levantou a poeira ao nosso redor. Logo depois, a calma retornou. Ela continuou:

— Se eu tivesse sido mais forte naquela época, talvez pudesse ter protegido aquela criança. Mas não fui capaz. Não achava que conseguiria ser feliz às custas da felicidade de outros. Eu não tinha coragem de viver e de pagar o preço... Mais tarde, me arrependi profundamente, mas então já era tarde demais...

Fiquei em silêncio, absorvendo suas palavras e o significado de sua história. Ela soltou um suspiro suave e sorriu levemente.

— Mais tarde, conheci Satoru e nos casamos. Ele também desejava muito ter um filho, mas foi uma jornada difícil. Levei dez anos para engravidar. Satoru ficou muito feliz quando conseguimos, e eu chorava o tempo todo de alegria. Mas eu perdi o bebê... Eu pensei que estava sendo punida. Pensei que era castigo pelo que eu fizera com o bebê que viera antes... Pensei que não tinha mais direito de ter filhos... Satoru tentou me consolar, mesmo que tenha sido doloroso para ele também. Ele é uma pessoa maravilhosa.

Eu concordei com a cabeça.

— Então, de alguma forma, consegui me recuperar e trabalhamos muito para revitalizar a livraria juntos. Satoru, talvez consciente do que passei, nunca mais mencionou o bebê. Em vez disso, ele se dedicou ainda mais à administração da livraria. Eu amava aquela loja tanto quanto Satoru, se não mais. Mas, para mim, não era suficiente. Os anos se passaram, e a tristeza nunca desapareceu. Eu sentia como se houvesse um grande buraco no meu coração que, em vez de diminuir, parecia a cada dia maior... De alguma forma, comecei a sentir que estar com Satoru enquanto carregava esse sentimento era como traí-lo. Então, um dia, quando vi, estava aqui no alto desta serra.

Quando terminou de falar, ela soltou um longo suspiro, como para aliviar a tensão.

— Eu sei que fui egoísta e mereço ser julgada. Por isso, tenho medo de falar com ele. Você também deve estar chocada, não é?

Eu não tinha ideia de como responder. Imaginar a dor dessa pessoa estava além das minhas capacidades no momento. No entanto, eu conseguia entender a intensidade de seus sentimentos. Diante disso, palavras simplistas não teriam nenhum significado. Tudo o que eu podia fazer era balançar a cabeça em silêncio.

Depois de algum tempo, Momoko se levantou.

— Peço desculpas por fazer você ouvir uma história chata como essa. Vamos voltar logo.

Quando percebemos, o sol estava lentamente desaparecendo atrás das montanhas.

§

Momoko regressou com o mesmo passo rápido e firme. Eu estava perdida em pensamentos e, distraída, escorreguei e caí de bunda no chão.

Quando finalmente chegamos à pousada, já estava escuro e começou a chuviscar. Ainda tínhamos uma hora antes do jantar, então fui direto para o banho, exausta.

Imersa na banheira por um longo tempo, olhei para o teto do banheiro. Tinha sido um dia muito longo. Quando olhei pela janela, percebi que a escuridão já se espalhava do lado de fora. Os vapores brancos da água quente se elevavam na escuridão noturna e desapareciam.

A porta do banheiro se abriu com um rangido. Levei um susto. Lá estava Momoko, completamente nua, de pé em meio ao vapor. Sem suas roupas, ela parecia menor.

— Posso entrar? — perguntou ela.

— Ah... sim, claro — respondi.

Ela nem esperou minha resposta e já foi entrando.

— Que bonita sua pele. Você é tão jovem!

Ela estava inspecionando meu corpo imerso na água. Eu me virei de costas, instintivamente.

— Eu? Jovem? Não sou mais, não...

— Claro que ainda é. A linha que vai do pescoço aos seios é tão bonita. É nessa região que aparece primeiro a velhice. Que inveja me dá ver sua pele lisinha... — disse ela, com um desagradável olhar lascivo.

— Você está me assediando!

— Que exagero, Takako — disse ela, e sua risada ecoou cristalina na sala de banho.

Quando ela entrou na água, eu percebi que ela tinha uma cicatriz bastante evidente, de cerca de dez centímetros, na parte de baixo do abdômen. Ainda que ela não estivesse escondendo a cicatriz, eu me senti como se tivesse visto algo que não deveria, e desviei o olhar.

Lembrei-me de tudo o que ela dissera no alto da montanha. De repente, senti como se minha garganta estivesse apertada e tive dificuldade em falar.

Momoko tomou uma ducha, entrou na grande banheira ao meu lado e fechou os olhos com uma expressão de pura satisfação. Ao observar seu perfil, senti uma vontade crescente de abraçá-la com força.

Apontei para a janela e, quando ela se voltou, tentei me lançar em seu pescoço. No entanto, ela rapidamente percebeu o perigo e se esquivou.

— Mas o que é isso? — perguntou ela, com uma expressão surpresa no rosto.

— Nada — falei, avançando na água e empurrando-a para um canto da banheira, como um pastor conduzindo ovelhas.

— O que está acontecendo, Takako? Estou com medo do seu olhar.

Ignorei a sua voz assustada e saltei sobre ela. Fechei os olhos e a abracei com força. Momoko tinha os ombros pequenos e muito quentes.

— Mas o que é isso? O que você está fazendo? — ela protestou.

Momoko lutou desesperadamente, jogando água para tudo que é lado. Por fim, ela pareceu se render e me deixou abraçá-la. Relaxou seu corpo e descansou a cabeça em meu corpo.

— Você realmente me pegou de surpresa, não sabia que você gostava disso — brincou.

— Agi sem pensar.

Nós rimos baixinho e ficamos ali, juntinhas em um canto da grande banheira. Continuamos abraçadas por um bom tempo.

17

A segunda noite foi mais tranquila.

Os dois grupos do dia anterior já tinham ido embora e em seu lugar havia um casal que passou todo o jantar cochichando, como se tivessem algo a esconder. Fiquei irritada. Se quisessem ficar de segredinhos na mesa de jantar, deviam ter escolhido outro tipo de hotel.

Ao trazer a comida, a *okamisan* também deve ter percebido o incômodo da situação, pois ligou a velha TV antes de sair. Mas ela não estava funcionando bem, e a voz das pessoas rindo alto dentro do tubo de raios catódicos ia e vinha, interrompida por estalos e chiados. Quando o som da TV falhava, o silêncio se sentia ainda com mais força do que se ela não estivesse ligada. Senti-me tão desconfortável que resolvi me levantar e desligar o aparelho.

Voltando ao quarto, Momoko e eu nos enrolamos lado a lado em nossos futons e apagamos a luz. Era profundo o silêncio do quarto. A chuva também parecia ter parado. Momoko sugeriu em voz baixa que dormíssemos até tarde no dia seguinte, e eu concordei, sonolenta.

Olhei fixamente para o teto. Momoko não conseguia dormir com a luz acesa, então estávamos na total escuridão. Meus olhos gradualmente se acostumaram com o escuro e pude distinguir vagamente as formas das coisas.

— Momoko, você está acordada? — sussurrei.

Ela respondeu que sim.

— Podemos conversar um pouco? — perguntei baixinho, ainda com o olhar no teto.

— Claro. Eu também queria conversar.

— Sobre aquilo que você disse na caminhada...

— Aquilo o quê?

— Que você está doente.

Demorou um pouco, mas ela respondeu:

— Ah, sim.

— É grave? — perguntei, como se estivesse lendo o roteiro de um filme.

Minha voz ecoou frágil na escuridão.

— Pois é. Grave, é. Mas também não é assim tão grave — disse ela, após uma pausa.

— Como assim?

— Bom... Sabe quando uma doença é tão fulminante que a pessoa não tem nem tempo de se despedir? Comparado a isso, acho que eu até que tive sorte. Eu ainda posso fazer muita coisa...

— Isso quer dizer que...

— Não precisa se preocupar. Não é como se eu estivesse prestes a partir a qualquer momento. Pouco tempo atrás, eu estava no hospital, passando por várias cirurgias, incluindo uma histerectomia, e agora estou fazendo acompanhamento médico para ver como as coisas vão. Ainda não estou fora de perigo.

— E foi por isso que você voltou para o tio Satoru?

— Não, não foi porque estava doente que quis voltar. Mas sabe, durante um período em que estava me sentindo muito deprimida no hospital, tive um sonho...

— Um sonho?

No meio da escuridão, eu me virei e olhei na direção de Momoko, embora estivesse muito escuro para ver seu rosto.

— Sim — continuou ela —, um sonho. No sonho, eu estava a bordo de um navio prestes a partir. Na verdade, talvez eu fosse o próprio navio. De qualquer forma, eu estava prestes a navegar em direção ao horizonte distante, ciente de que nunca mais poderia voltar. E quando olhei para trás, havia um homem no cais, acenando para mim. Soube na hora que era Satoru. Eu sabia que nunca mais nos veríamos e tentei acenar de volta. Mas o navio estava se movendo rápido demais, e Satoru ia ficando cada vez menor. Quando percebi, ele tinha desaparecido completamente, e eu estava flutuando sozinha no mar.

Momoko se mexeu sob o futon e virou na minha direção. Riu brevemente e disse:

— Dá vergonha de contar, mas, quando acordei sozinha no quarto de hospital, eu estava chorando muito, mais do que eu jamais imaginei que poderia chorar. Mesmo depois de perceber que era apenas um sonho, continuei chorando sem parar. Eu não sou muito de chorar. Nem sei quando foi a última vez que tinha chorado antes disso. Mas, naquele momento, eu estava completamente descontrolada, tão triste, que era insuportável. E então, eu simplesmente senti que precisava ver Satoru novamente, custasse o que custasse. Enfim. Que história esquisita, né.

— Eu não achei nada de esquisito — disse, sacudindo a cabeça.

Fiquei pensando o quanto Momoko deve ter se sentido vulnerável naquele momento.

— É esquisito, sim — insistiu ela. — Mas, de qualquer forma, foi isso que me fez engolir o meu orgulho e voltar.

— E você não tem intenção de falar sobre a doença com ele?

— Não, não tenho — respondeu ela com firmeza. — Porque eu não quero ser um peso na vida dele.

— Mas ele é uma pessoa forte.

— Ah, eu sei que ele cuidaria de mim, não tenho dúvida quanto a isso. Mas não é esse o problema. É uma questão de como me sinto. Não posso me permitir ser mais um problema para ele.

— Mas você precisa contar a ele...

— Não. Essa decisão está tomada. Já estava tomada mesmo antes de eu decidir voltar para ele.

— Por que você contou para mim, então? — falei alto, sem querer.

— Acho que, no fundo, eu queria que alguém ouvisse — murmurou ela. — Precisava contar para alguém o motivo pelo qual eu fui embora, precisava contar a alguém que estou doente. Eu tinha esse desejo de desabafar com alguém, e eu sabia que você não contaria a ninguém, nem mesmo ao Satoru.

— Mas isso é... — minha voz tremeu. — Isso não é coisa que se faça!

Ela respondeu com pesar:

— Eu sei, eu estou sendo injusta. Peço desculpas. Quando você me abraçou no banho, eu fiquei tão feliz. Muito, muito feliz. Você é uma pessoa tão gentil. Tenho certeza de que o Satoru também te ama muito.

Eu me encolhi no futon e deixei as lágrimas caírem enquanto repetia "isso não é justo, não é justo", várias vezes. Momoko também pediu desculpas várias vezes, mas eu continuei repetindo: "não é justo".

Lá pelas tantas, devo ter ficado tão exausta de chorar que peguei no sono.

§

Na manhã seguinte, debaixo de um céu nublado, despedimo-nos da *okamisan* e de Haru e deixamos a pousada. Momoko fez uma reverência para a dona na porta de entrada, como quando chegara. A *okamisan* tentou impedi-la, mas ela fez questão de se curvar. Haru disse "Tchau!", daquele jeito grosseirão dela, e ficou acenando energicamente enquanto nos distanciávamos.

Momoko havia voltado a ser a Momoko alegre de sempre. Apontou para as flores do caminho e disse:

— Olha, os lírios estão florescendo!

Enquanto descíamos, ela continuou conversando animadamente:

— Aqui as folhas já estão tingidas de vermelho! — observou, alegre.

Eu tentei responder com animação também, porque sinceramente não sabia mais o que fazer naquela situação.

Nos despedimos na estação Shinjuku. Naquele momento, em frente à saída cheia de gente, Momoko se inclinou profundamente na minha direção e disse:

— Obrigada, Takako-chan. Foi muito divertido.

Tinha um sorriso tão brilhante que me deixou emocionada. Então, criei coragem e perguntei:

— E agora, o que você vai fazer?

— Vou para a livraria.

— Não, eu quero dizer o que você vai fazer da sua vida — insisti.

— Pois é... — disse ela, e cruzou os braços. — Vou levando como der.

Ela acenou animadamente e se perdeu na multidão.

Mesmo depois que sua frágil figura desapareceu de vista, eu permaneci ali parada. Tentei imaginar o que aconteceria a partir dali, e um sentimento de inquietação me dominou por completo.

18

O tio Satoru ligou dois dias depois, por volta do meio-dia. Olhei a tela do celular e já imaginei o motivo.

— Desculpe te incomodar durante o trabalho — disse ele com uma voz baixa e sem entonação. — É que quando eu cheguei hoje na livraria tinha uma carta...

"Ah, eu sabia", pensei com um suspiro. Eu não deveria ter acreditado nela. Mas, mesmo sabendo o que poderia acontecer, não tinha nada que eu pudesse ter feito para impedi-la. Ainda assim, não é coisa que se faça. Não se faz isso com as pessoas. Ainda com o celular na mão, comecei a sentir uma crescente onda de raiva.

— Takako-chan? — perguntou, inseguro, meu tio, ao perceber meu silêncio.

— Tá, já tô indo aí.

— Tá, mas você não tá no trabalho?

Deixei meu tio falando sozinho e desliguei o telefone.

Enquanto seguia para a estação de Jinbôchô, continuava repetindo: "Não é justo." Não é assim que um adulto age. Até dava para entender como Momoko se sentia. Depois de cinco anos sem dar notícias, não deve ser fácil voltar e dizer que se está doente. Ainda mais se ela, como afirmava, ainda amava o meu tio. Mas e ele? Os sentimentos dele não contam?

Da última vez que ela o abandonou, ele já sofreu tanto...

Eu estava do lado do meu tio, assim como ele sempre esteve ao meu lado. Por isso, não ia perdoar Momoko se ela decidisse desaparecer agora. A raiva estava crescendo cada vez mais, e eu não conseguia contê-la. Era uma raiva tão intensa que meu corpo tremia.

Na livraria, meu tio me mostrou o bilhete, que dizia: "Muito obrigada por tudo. Cuide-se." Rasguei na mesma hora o papel e joguei os pedaços no chão. Meu tio me olhou com uma expressão de choque.

— Isso não se faz! É covardia! Ela vem aqui, mostra apenas o seu lado bom e depois simplesmente some. Isso é fugir dos problemas.

— Takako-chan... — disse meu tio, assustado — Taka...

Não o deixei terminar e, sem me importar com quem estava ouvindo, declarei:

— Eu vou quebrar a promessa. Pensando bem, eu não fiz nenhuma promessa. Ela só me pediu para não contar. Só isso.

— Como é que é?

E contei a ele o que ouvi naquela noite, mesmo sabendo que ele levaria um choque. Ele ouviu boquiaberto. Mas ele tinha o direito de saber... além disso, ele era a única pessoa que poderia impedi-la.

— Hum... — disse ele, assentindo com a cabeça.

No fim, não me pareceu muito surpreso.

— Você já sabia?

— Eu? Eu não.

— Mas então...

Meu tio soltou um suspiro profundo e afundou na cadeira.

— Eu sabia que para ela voltar, algo de muito grave tinha que ter acontecido. Você sabe como ela é. Depois que decide uma coisa, não volta atrás. E, ainda assim, ela voltou... Acho que foi por isso que eu não tive coragem de perguntar o motivo. Foi por isso que acabei envolvendo você... Idiotice minha. Tive medo de conversar com ela, e deu no que deu — disse ele, derrotado.

Eu me aproximei dele, olhei nos seus olhos, e disse:

— Tenho certeza de que ainda há tempo. Se você a deixar partir agora, pode ser que nunca mais a veja. Não importa qual seja a conclusão, não podemos desistir assim. Você sabe do que estou falando, não é? Você é a única pessoa que pode detê-la. Então, levante-se logo! Lembra, tio, quando você me disse para não fugir, para enfrentar? Nem você nem a Momoko-san podem fugir agora. Deixa que eu cuido da livraria. Você tem que ir atrás dela.

— Mas por onde começar a procurar... — ele tentou argumentar, desamparado.

— Você não tem ideia de onde ela poderia estar? Lugares aonde ela iria?

Ele me lançou um olhar vago e depois de algum tempo disse:

— Não, não tenho ideia...

— Não acredito. Então ela não é a sua esposa?

— Pois é, mas nem por isso...

— Tente lembrar de lugares que são importantes para ela.

Meu tio ficou um tempo com o olhar perdido e então murmurou de repente:

— Ah... Tem um lugar... Talvez... Não, é certo que é lá.

— Tem um lugar? — perguntei.

— Tem. Sim, talvez ainda dê tempo.

Meu tio se levantou da cadeira com ímpeto.

— Takako-chan, você fica cuidando da livraria?

— Fico.

— Mas eu não tenho dinheiro para te pagar, viu?

— Anda, vai logo — falei, irritada com a brincadeirinha.

Não era hora para esse tipo de conversa boba. Ele saiu correndo da livraria. "Espero que ele a encontre", pensei.

§

Fiquei na entrada da loja, observando meu tio correndo. Sua figura ficava cada vez menor à medida que se afastava. Ele sofria de dor nas costas, então, ao longo do caminho, parou algumas vezes para massagear a região lombar.

Por um bom tempo depois que ele se foi, continuei olhando distraidamente para o céu, recortado pelos prédios. Era um céu de outono, com um azul suave, e uma grande quantidade de pequenas nuvens que se espraiavam como as escamas de um peixe. Um homem de meia-idade parou em frente à loja, olhou para mim com curiosidade e perguntou:

— Aconteceu alguma coisa? A livraria está aberta, né?

Passou por mim e entrou. Eu o segui.

— Seja bem-vindo.

O que eu podia fazer, eu fiz. O resto era com meu tio.

Eu me sentei atrás do balcão, que era meu lugar habitual, e ali esperei o retorno do meu tio e de Momoko.

19

Só fui ver o Wada bem depois, quando as folhas das árvores das calçadas já tinham caído todas.

Já tinha se passado quase um mês quando decidi dar uma passada na *kissaten*. Por um bom tempo, não tive vontade de ir lá. Passava pela frente e não parava. No entanto, à medida que o frio ficava mais intenso, comecei a ficar com desejo de tomar o café de lá.

Mal abri a porta e já tive um sobressalto. Wada estava sentado a uma das mesas no fundo. Nossos olhares se encontraram imediatamente, e ele percebeu minha presença. Pretendia apenas cumprimentá-lo e seguir em frente. No entanto, ele se levantou educadamente e esperou que eu me aproximasse.

— Olá — eu disse, um pouco nervosa, enquanto me sentava na cadeira da frente.

Ele respondeu com sua voz sempre calma:

— Há quanto tempo.

A atendente trouxe água e perguntou:

— Posso anotar seu pedido?

Mas eu queria só cumprimentar o Wada e depois ir para outra mesa antes de pedir.

— Ainda não.

A atendente assentiu e partiu com um sorriso.

— Como tem andado? — perguntou Wada.

— Bem, e você?

— Vou indo — respondeu ele, sorrindo, e tomou um gole de café.

"Será que todo esse tempo ele continuou vindo aqui para esperar pela ex? Mas ele mesmo tinha dito que não ia mais fazer isso...", pensei, e ele, como se estivesse ouvindo os meus pensamentos, disse:

— Hoje é você que eu estava esperando.

Wada me mostrou um livro de bolso. Era *Amizade*, de Mushanokôji Saneatsu, o livro que eu tinha esquecido na noite anterior à minha viagem. Com tantas coisas acontecendo, eu havia esquecido do livro. Nunca imaginei que Wada o teria consigo.

— Você ficou carregando esse livro todo esse tempo? — perguntei.

— Bem, naquela noite, percebi que você tinha esquecido o livro e pedi ao dono da cafeteria que ficasse com ele para devolvê-lo quando você voltasse, mas ele disse que não sabia quem você era, que nunca tinha te visto antes.

— Como assim?

"Impossível que o dono não soubesse quem eu era", pensei. Eu ia sempre naquela cafeteria.

— Por isso, acabei ficando com o livro. Eu também não tinha o seu número de telefone, então de vez em quando passo aqui para ver se você aparece. Só que eu nunca mais te vi. Para passar o tempo, acabei lendo o livro até o final.

Eu fiquei olhando, perplexa, enquanto ouvia a história dele. Então finalmente entendi a situação e olhei para o dono da cafeteria atrás do balcão. Ele estava polindo um copo como se não soubesse de nada. Enquanto eu o observava, nossos olhares se cruzaram por um momento. "Idiota", pensei comigo mesma, "o que ele achou que estava fazendo?"... Ele nem desconfiava que Wada antes vinha aqui para esperar por outra pessoa.

— Nossa, desculpe por todo esse trabalho... — eu disse a Wada, abaixando a cabeça.

— Não se preocupe. Na verdade, foi uma boa oportunidade para eu ler algo além de *Sobre a colina*. Estou até grato por isso — respondeu ele com um sorriso debochado.

Eu me senti tomada pela emoção. Olhei para baixo e meus ombros tremeram.

— O que aconteceu? — perguntou Wada, visivelmente preocupado.

Em seguida, ele viu que eu estava apenas rindo e se juntou à risada. Minha ansiedade foi diminuindo gradualmente. Meu coração estava feliz por tê-lo encontrado. Sim, eu estava feliz, independente do que ele sentisse por mim ou de qualquer outra coisa. Levantei a cabeça e olhei para ele.

— Que bom que a gente se encontrou — eu disse.

Senti que precisava agradecer ao dono da cafeteria. Sem a intervenção dele, talvez nunca tivesse a chance de reencontrar Wada. "Vou ter que vir aqui tomar café o resto da vida para pagar a dívida", pensei.

— Estou feliz por ter te reencontrado também. Não queria ir preso por furto. Brincadeira! Na verdade, eu só queria ter a chance de conversar de novo com você — disse ele, coçando a cabeça constrangido.

Eu também estava envergonhada e não consegui olhá-lo nos olhos. Lancei um olhar rápido para a janela e vi nossa imagem refletida no vidro, sentados um de frente para o outro. Lá fora, o vento cortante soprava e estava muito frio.

Wada-san esticou-se com um ar de satisfação e disse:

— Para agradecer-lhe o livro emprestado, deixe-me pagar o seu café hoje. Posso?

— Só um café, então.

— Só um café? Mas que comportada.

Ele fez um rosto exageradamente surpreso e depois acenou para a atendente.

20

A livraria Morisaki fica no movimentado bairro livreiro de Tóquio. É pequena, antiga e não muito atraente à primeira vista. Não recebe muitos clientes. Não chama a atenção do público geral. Só vai ali quem se interessa pelos títulos especializados que ela oferece.

No entanto, há pessoas que amam essa livraria. O tio Satoru sempre sorri e diz que o amor de seus clientes lhe basta. Eu também acho. Eu gosto da livraria Morisaki e do seu proprietário.

Em um dia de folga no trabalho, eu finalmente voltei a Jinbôchô. Fazia muito tempo desde minha última visita, mas, uma semana antes, recebera uma ligação do meu tio. Ao ouvir a voz animada dele ao telefone, eu soube imediatamente do que se tratava.

— Ela também disse que quer ver você.

Seu estado de saúde estava melhorando. Que alívio! Apressei meu passo ansiosa pelo encontro, depois de tanto tempo.

Naquele dia em que meu tio saíra porta afora atrás dela, Momoko não voltou.

Mas ele a encontrou e falou com ela. Ele foi até o templo onde se reza pelos bebês que nunca nasceram. Ela estava lá, parada sozinha perto de uma fonte nos fundos do templo.

Não perguntei detalhes sobre o que eles conversaram lá. Era uma questão que dizia respeito apenas a eles. Mas tenho certeza de que ali, onde repousavam os dois bebês de Momoko, ela não teve escolha a não ser falar toda a verdade. O importante era que expressassem seus verdadeiros sentimentos um ao outro. Talvez, em algum lugar no fundo de seu coração, ela desejasse que meu tio a encontrasse e a levasse de volta, tanto naquele momento quanto cinco anos antes. Naquela mesma noite, ele me contou o que se passara.

— Quando ela me viu, ela desmoronou ali mesmo, soluçando como uma criança pequena. Naquele momento, eu senti um amor profundo por ela. As lágrimas começaram a inundar meus olhos. Eu senti que finalmente estava enfrentando o que não pude entender antes, o que eu estava evitando encarar. Eu a abracei e pedi que ela não fosse embora. Disse-lhe que precisava dela. Coisas tão simples, que até então nunca tinha conseguido falar. Só consegui naquele lugar.

Naquela noite, ele não estava triste por não estar com Momoko; na verdade, ele parecia radiante.

— Fizemos uma promessa. Nós prometemos que vamos conversar e ela me prometeu que um dia voltará.

E, realmente, um ano depois ela voltou. Ela explicou que precisava de tempo para colocar seus sentimentos em ordem antes de voltar, porque temia que, se voltasse imediatamente, acabaria apenas se apoiando nele. Essa foi a última coisa que ela disse a meu tio antes de partir. Ela era verdadeiramente uma mulher forte.

Dobrei na ruazinha onde ficava a Morisaki. Passei por diversas livrarias antes de chegar à do meu tio.

Abri a porta com um rangido e entrei. Na frente do balcão, estava sentado o senhor Sabu, que ergueu a mão e disse:

— Takako-chan!

— Ah, Sabu-san, é você? O meu tio não está?

Ele riu e disse:

— Puxa vida, né, Takako-chan, você podia ao menos fingir que está contente de me ver. Seu tio saiu para fazer umas entregas.

Ouvi alguém atrás do senhor Sabu dizer:

— Há quanto tempo!

Do outro lado do balcão estava sentada uma mulher pequena, com o cabelo curto.

— Mas e esse cabelo?

Momoko levou a mão à cabeça e disse:

— Cortei. Na verdade, eu estava pensando em raspar a cabeça como um ato de arrependimento, mas o Satoru me impediu — disse, rindo.

Era a mesma Momoko de sempre.

— Ficou bem assim.

Sentei-me a seu lado. Era verdade, o cabelo curto ficou bem nela.

— Você acha? — perguntou ela, com uma careta.

A loja estava calma como sempre durante o horário de almoço. Tirando Momoko, nada parecia ter mudado muito.

— Ouvi dizer que você está namorando? — Momoko perguntou, de supetão, como era seu costume.

— Mas quem foi que te contou isso? — perguntei.

— Foi o senhor Sabu que me disse agora — ela apontou na direção dele.

— Mas quem me disse foi o dono da *kissaten* — ele se defendeu, rindo.

Momoko sorriu maliciosamente e indagou:

— E você aprendeu a cozinhar, como eu tinha lhe dito?

— Pois é... — respondi, confusa.

Ela insistiu no interrogatório até que eu perdi a paciência e disse que não ia mais falar do assunto. Nesse momento, a porta se abriu e o tio Satoru apareceu.

— Takako-chan! Você chegou cedo.

Momoko se dirigiu a ele:

— Satoru, você sabia que a Takako arrumou um namorado?

Ele franziu a testa e se aproximou de mim:

— Namorado? Como assim? Não sei de nada. Ninguém me conta as coisas!

— Ai, nem é nada de tão importante... — tentei argumentar.

— Quando a Takako se casar, você devia deixar a loja para eles — disse Momoko. — Afinal, não temos herdeiro.

Ele gritou, exasperado:

— Mas que palhaçada, até parece que vou deixar minha livraria para um malandro qualquer.

— Você nem o conhece ainda, que história é essa de malandro? — repreendeu-o Momoko.

O senhor Sabu riu, despediu-se de Momoko e, sem dirigir a palavra ao meu tio ou a mim, foi embora, com um ar satisfeito.

— Esse aí já caiu na sua rede, hein? — comentei, admirada.

— Mas que rede o quê? A gente só estava conversando — disse Momoko, com ar inocente.

— Estavam havia um ano sem se falar, mas foi o que bastou. Já está sob o encanto da Momoko. O Sabu não tem salvação mesmo — disse o meu tio, com frieza.

Eu e Momoko caímos na gargalhada.

Em seguida, ela se levantou e me disse, solene:

— Eu, Morisaki Momoko, voltei para minha casa.

Arrematou, batendo continência. Eu rapidamente corrigi minha postura.

— Seja bem-vinda de volta. Estivemos esperando por você todo esse tempo. Se você desaparecer novamente, vou ficar braba — eu disse.

— Olha só quem fala, pois você não descumpriu a promessa que me fez? Mas desta vez acho que tenho que te agradecer por ter quebrado a promessa. Obrigada, Takako-chan. Vamos fazer as pazes?

Disse isso e, rindo, beliscou minhas bochechas. A essa altura, já tinha me acostumado com os beliscões, e me resignei a protestar inutilmente, como fazia meu tio.

— Me larga! Tá doendo!

— Você está convidada para um jantar de agradecimento. Eu cozinho — disse Momoko, levando a mão ao peito. — Você vem comigo ao supermercado?

— Mas é claro. Só vim para comer sua comida mesmo.

O meu tio interrompeu:

— Olha só, Takako-chan, antes de sair eu ainda quero saber mais desse namorado, que história é essa?

Momoko e eu fomos saindo, fingindo não ter ouvido.

O sol brilhava e uma grande nuvem flutuava faceira no céu.

Eu bocejei e fechei os olhos por um tempo. Senti o calor do sol nas pálpebras.

— Se você ficar parada feito uma songamonga, eu vou embora e te deixo aí.

Abri os olhos e vi a Momoko sorrindo sob o sol, seus cabelos curtos brilhando. Ela se virou para olhar na minha direção e me chamou de novo, antes de começar a caminhar cheia de energia.

Fiquei olhando a sua delicada figura se afastar, e em seguida fui correndo atrás dela.

Este livro foi composto na tipografia Adobe Garamond Pro, em corpo 11,5/16, e impresso em papel off-white no Sistema Cameron da Divisão Gráfica da Distribuidora Record.